I0700164

# Rendez-vous avec le Destin

# KEVIN-ALEX

## Rendez-vous avec le Destin

*Seven Roses*

Copyright © 2023 Kevin-Alex

Tous droits réservés.

Éditions : Amazon KDP.

Dépôt légal :

ISBN :

Achevé d'imprimer en France.

*À toi, la seule et l'unique, à toi, mon amour, à toi, ma seule raison de vivre. Bien que je ne te le dise pas assez, j'espère de tout mon cœur, Edwige, que tu retrouveras l'expression de mon amour à travers ce roman.*

*J'ai envie de te tenir, te parler, t'entourer de mes bras, te couvrir et te brûler de mes caresses. Te voir pâlir et rougir sous mes baisers, te sentir frissonner dans mes embrassements, c'est la vie, la vie pleine, entière, vraie, c'est le rayon de soleil, c'est le rayon du paradis ! Ô mon ange, que tu es belle, viens que ma bouche pose et cueille sur la tienne, ce mot qui est le plus doux des baisers : je t'aime !*

Victor Hugo (1802-1885)

# 1

Taille moyenne, les yeux marron, le teint de miel, voilà comment je peux me présenter. Je m'appelle Pélagie et je suis fille unique. Même si certains pourraient considérer que je mène une vie de rêve, ceci n'est pas évident lorsque les deux parents sont séparés.

J'ai passé les seize premières années de ma vie avec ma mère, Audrey, et ce fut jusqu'alors une période riche en merveilleux moments avec mes amies. Aussi loin que j'en m'en souvienne, j'ai toujours vécu dans le même quartier, à Kara, grandi aux côtés de cesfilles qui sont restées les mêmes, tout au long de ma scolarité. Ainsi, je peux dire que j'ai mené une vie à la fois simple, joyeuse et sans soucis. Audrey faisait de son mieux pour répondre à tous mes besoins ainsi que mes envies.

Cependant, comme tous les enfants de mon âge dont les parents ne vivaient pas sous le même toit, je nourrissais le désir profond qu'un jour, les miens se réunissent de nouveau et que nous vivions comme une vraie famille, dans la même maison. Ma mère meparlait assez peu de l'homme qui était mon père, toutefois j'avais parfois l'occasion de discuter avec celui-ci lorsqu'ilvenait nous rendre visite deux fois dans l'année. Ces petits moments passés auprès de lui me comblaient toujours de bonheur, puisque, à chacune de ses visites, il m'apportait toujours quelques présents. Aussi, ne comprenais-je pas pourquoi ces deux-là en étaient arrivés à se séparer. Jamais Audrey n'avait accepté d'aborder le sujet avec moi et personne dans mon entourage ne semblait avoir connu mes parents lorsqu'ils étaient encore ensemble. De ce fait, lorsque ma mère m'annonça un jour que j'irais passer un an chez mon père, j'accueillis la nouvelle avec joie, certes, mais mon plaisir s'en trouva mitigé.D'un côté, j'avais hâte de vivre avec celui-ci mais, de l'autre, cela allait m'éloigner de Léonce.

Ce dernier avait été mon petit ami, mais nous n'étions plus ensemble depuis près de dix-huit mois. Nous avionsvécu une belle histoire d'amour jusqu'au jouroù je l'avais surpris,embrassant une autre fille. En dépit du mal que cela m'avait fait, etbien qu'ayant rompu avec lui, j'avais toutes les peines du mondeà le sortir de ma tête.

Même si l'initiative de mes parents ne me réjouissait pas totalement, je duscependant me soumettre à leur volonté, bien malgré moi. Ceux-ci avaient décidé de mon sort sans me consulter.

C'est ainsi que, deux jours plus tard, ma mère m'accompagna jusqu'à la station avec mes valises. Je la quittai, le cœur lourd, mais tout de même ravie à l'idée d'aller passer un an chez mon père.C'était le dernier week-end avant le début de la nouvelle année scolaire. Lorsque le bus arriva enfin à destination, je me retrouvai dans une nouvelle ville, Lomé. Ce peuple avait une autre culture, un dialectequi m'était inconnu et des mœurs différentes, étant donné qu'une cinquantaine d'ethnies peuplaient notre pays, le Togo. Je venais ainsi de découvrir notre prestigieuse capitale, Lomé.

L'accueil qui me fut réservé à la maison se révéla fort chaleureux. Je fis la connaissance de la femme qui avait chassé ma mère de son foyer ainsi que leur fille Amélia. Mon père, Koffi, me l'avait toujours décrite comme une enfant pleine de vie, toujours souriante, et avec qui, estimait-il, je pourrais facilement nouer une profonde amitié. Alors âgée de 10 ans, celle-ci était de six ans macadette. Ses cheveux étaient coupés court, exactement comme les miens.À bien nous considérer, tout le monde se serait douté de notre lien familial. On se ressemblait comme deuxsœurs et personnen'aurait pu deviner que nous avions des mères différentes. Pourtant, je ne voulais surtout pas melier d'amitié avecces gens-là.

Dès quej'entendis frapper au portail,je demandaila permission de me retirer, pour aller me changer.

La chambre dans laquelle je fusinstallée était plutôt spacieuse. Je disposais d'une armoire pour ranger mesvêtements et d'un bureau pour étudier. La fenêtre, quant à elle, s'ouvrait sur la rue et laissait entrer toute la lumière naturelle du jour. La pièce était donc assez vaste, mais très peu occupée, ce qui me laissait beaucoup d'espace.

Je venais à peine d'y entrer que j'entendis déjà cogner à la porte.

— Il y a uneamie qui souhaiterait faire ta connaissance.

Je suivis Améliajusque dans le salon. Et, là, je découvris une fille approximativement de ma taille. Enveloppée dans une robe beige sans prétention, elle m'accueillit avec un grand sourire sur les lèvres. J'allais faire la connaissance d'une amie de la famille.

— Bonsoir, je suis Ornélia. Je vis à quelques rues d'ici.

Dès le départ, je ressentis des ondes positives émaner d'elle. C'était le genre de personnes avec lesquelles je m'entendaisfacilement en amitié. Je me présentaià mon tour, arborant un charmant sourire, puis je demandai à nou-veaul'autorisation de retourner poursuivre mon installation. Bien que j'aie étéreçue avec joie, je ne tenais pas memêler à eux plus que nécessaire.

C'est ainsi que, le lundi matin, je décidai de me rendre toute seule à l'école, déclinant ainsi l'offre d'Amélia qui eût voulu cheminer avec moi jusqu'à mi-parcours.

Sac dans le dos, la tête dans les nuages, je marchais tran-quillement dans la rue, admirant,çàet là, les fleurs et leurs pétales qui dansaient dans la douce brise matinale de sep-tembre. Focalisée sur la beauté de la nature, je me sentais transportée, occultant ainsi tout le reste. Perdue dans mes pensées, j'ignorais ce qui se passait alentour, j'avançais dans ma bulle. L'inévitable finit par se produire. Je heurtai la per-sonne qui se trouvait devant moi, trébuchaiet me retrouvaià terre l'instant d'après. Lorsque je recouvris mes esprits, la première chose que j'aperçus en relevant la tête fut cette main tendue qui me venait en aide. Derrière celle-ci, je découvris un visage doux et tendre, le plus merveilleux qu'il m'eût été permis de rencontrer jusqu'à ce jour. Subjuguée par la douceur qui en émanait, j'en vins à oublier ma douleur et la honte de me trouver en pareille posture, au beau milieu de la rue.

— Excusez ma maladresse, mademoiselle. Je suis confus de vous avoir bousculée. Je n'ai pas regardé où je mettais les pieds. Vous m'en voyez vraiment navré.

— Tout va bien. C'est moi, la fautive. J'avais la tête ailleurs et je n'ai pas fait attention. J'espère ne vous avoir fait aucun mal.

Un fantastique sourire se peint sur le visage de l'adolescent. On eût pu croire qu'il vivait la meilleure journée desa vie. Puis, je l'entendis bientôt me dire :

— Je me porte comme un charme. J'aurais bien aimé discuter plus longtemps avec vous, cependant je ne le puis. J'ai hâte de vous revoir un de ces quatre matins. Au plaisir, donc. J'ai été enchanté d'avoir fait votre connaissance.

Bientôt, je le vis s'éclipser au coin de la rue, à l'endroit exact où je devais passer.

On pourrait peut-être faire le chemin ensemble, pensai-je, tout en pressant le pas. Toutefois, le temps de parvenirau croisement, je ne le trouvai nulle part. Il était parti sans même prendre le temps de me dévoiler son nom. Qui était-il ?

Contrairement à ma précédente école, les clôtures qui ceinturaient l'établissementétaient immenses. Aussitôt le portail referméderrière moi, je ne mis pas longtemps à comprendre que je n'aurais aucun plaisir à étudier ici.

Dès le jour de la rentrée, je vis une dizaine d'élèves en uniformes'activer dans la cour pour la nettoyer. Cette tâche leur incombait. Je n'avais jamais supporté ce genre de punitions dans mon ancienne école et me demandai comment je parviendrais à tenir toute une année dans cet espace bien trop discipliné.

Comme il me l'avait vivement été recommandé, aussitôt arrivée à l'école, je me rendis à la direction afin de m'y présenter pour m'acquitter du paiement de mes frais d'inscription. Je ne savais où me diriger pour trouver le bureau du directeur. En dépit des fenêtres ouvertes, on n'entendait aucun bruit ni bavardages.

Est-ce véritablement un établissement d'enseignement ou plutôt un camp de redressement ?m'interrogeai-je en mon for intérieur.

Alors que je restais plantée là, interdite, ne sachant où aller, une voix autoritaire m'interpella en ces termes :

— Toi, là, que fais-tu ici ? Premier jour etdéjà en retard ? Que vois-je là ? Tu es venue sans la tenue scolaire ? Tu sais ce qu'il te reste à faire, n'est-ce pas ?

Un individu robuste, aussi grand et fort que Goliath, s'avança vers moi. Je me sentis alors comme le petit David. L'homme m'intimidait tellement que je ne pus ouvrir la bouche pendant une dizaine de secondes. Lorsque j'y parvins, je lui expliquai que j'étais une nouvelle élève. Cela n'eut pas d'autre effet que d'accroître sa mauvaise humeur. De sa main massive, il m'indiqua le bureau du directeur, puis s'éloigna.

Quand je me présentai à l'endroit indiqué, le directeur me reconnut immédiatement. Comme il avait été prévenu plus tôt par mon père, l'inscription ne fut pas longue, puisqu'il connaissait déjà les détails. Sa secrétaire remplit un reçu qu'elle me tendit afin de me libérer rapidement. Avant de me laisser partir, le proviseur me donna un précieux conseil.

— Notre devise ici étant « travail, discipline, réussite », tu comprendras donc que nous mettons un point d'honneur à veiller à ce que cela le demeure. C'est la règle d'or à respecter pour ne pas s'attirer d'ennuis. Tes amis t'en parleront plus en détail. En attendant, suis-moi. Je vais te présenter à ta classe.

Après ce discours, je me sentis mal à l'aise et mon cœur se mit à battre plus vite. Pour commencer, la voix autoritaire du surveillant et, maintenant, les propos de mise en garde du directeur de l'établissement, l'année ne s'annonçait pas sous les meilleurs auspices. J'avais bien du mal à m'imaginer une année complète ici. Je me retrouvai soudain projetée devant une foule de lycéens. Ils étaient tous habillés de la même façon, avaient la même coupe de cheveux, sans différence de genre. Contrairement à d'autres écoles dans lesquelles il fallait supplier les élèves pour avoir le silence, tout le monde icimaintenaitleslèvres serrées. Aucun ne semblait véritablement heureux.

— Je vous présentevotre nouvelle camarade. Elle s'appelle Pélagie Boko, déclara le proviseur sur un ton solennel,vous aurez le temps de vous familiariser avec ellemais, surtout, je compte sur vous pour lui inculquer les valeurs de notre établissement.

Je fus ainsi accueillie, sans acclamation. Lorsque le proviseur quitta la salle, le professeur m'indiqua une place dans une rangée du milieu. Tous les regards étaient posés sur moi, tandis que je me rendais à la place indiquéeet, lorsque je voulus m'asseoir, je restaistupéfaite un instant. Le banc sur lequel il m'était demandé de m'installer n'était pas occupé par une inconnue. Je reconnus immédiatement Ornélia. Il me fallut fournir beaucoup d'efforts pour ne pas manifester ma joie. Je pris donc place et jetai un rapide coup d'œil à l'ensemble de la classe. Vus de dos, tous se ressemblaient d'une certaine façon. Alors que mes yeux ne s'attardaient sur aucun d'eux en particulier,j'eus à nouveau la nette impression de reconnaître l'un de mes camarades. Ce n'était point facile d'en être sûre, car je ne voyais pas son visage. Par un heureux hasard, il se retourna une seconde et, à ce moment-là, je ne pus retenir le cri de surprise qui sortit de ma gorge.

— À peine arrivée, et mademoiselle veut se faire remarquer ? Fermez la bouche et ouvrez votre esprit. Enfin, concentrez-vous sur ce qui se passe ici. Prenez exemple sur les autres. Ne venez pas nous perturber.

Quelle cruauté ! Tant de réprimande pour si peu ! L'émotion n'était donc pas permise. Je voyais enfin quelqu'un qui me ferait peut-être apprécier mon séjour ici. Je venais de reconnaître le garçon que j'avais bousculé le matin même.

**2**

Où suis-je ? Que fais-je là ?

Autour de moi, des voix s'élevaient dans une cacophonie indescriptible.Leventilateur accroché au plafond produisait plus d'air chaud qu'il n'en éliminait en réalité. Je n'avais pas besoin de me retourner pour savoir les fenêtres ouvertes. Le vent, pénétrant dans la pièce, apportait avec lui les cris des oiseaux qui piaillaient de l'autre côté de la rue. Toutefois,tandis que mes paupières restaient closes, je compris que je n'étais pas seule dans la pièce. Je continuais à entendre des voix. J'ouvris les yeux etje tournai la tête.Je distinguai Norbert. Le garçon que j'avais bousculé et que j'avais eu l'agréable surprise de découvrir dans ma classe. Il avait son éternel sourire aux lèvres alors que j'émergeais. Dès qu'il me vit ouvrir un œil, il se précipita vers moi.

— Ah, te voilà réveillée ! Comment te sens-tu ? As-tu mal en un quelconqueendroit ?

J'aurais bien voulu savoir comment j'étais arrivée là. Jerefermai aussitôt les yeux et, petit à petit, les événements de la journée remontèrent à la surface dans ma mémoire. Ce premier jour d'école avait été rythmé par une succession de cours épuisants dans une atmosphère exténuante. Les enseignants qui s'étaient succédé devant nous s'étaient tous illustrés par leur rigueur sans faille, d'une part, et par le nombre impressionnant d'exercices donnés,à réaliser à la maison pour la prochaine séance, d'autre part. En outre, la classe s'était révéléesi silencieuse qu'on aurait pu se croireà un enterrement. Personne autour de moi n'avait osé, ne serait-ce que, chuchoter. Tels des robots, nous avions suivi tous ces messieurs dispensant leur cours, le bâton dans une main et le document dans l'autre. Nous n'avions eu que deux courtes pauses d'un quart d'heure chacune. Peu après la seconde récréation, mon corps ne pouvait déjàplus supporter le rythme. Mon dernier souveniravait été d'entendre la voix du professeur qui se faisait de plus en plus lointaine. Autour de moi, voix et visages me paraissaients'amenuiser.Je ne me rappelais pas à quel moment exact j'étais tombéedu banc. Mais,maintenant, alors que je meréveillais, je me trouvaisici, sans trop savoir comment j'avais atterri là.

— Que m'arrive-t-il ?

— Reste allongée. Il semble que les cours ont été trop intenses pour toi.

En dépit de ses protestations, je réussis à m'asseoir sur le lit. L'infirmière se revint vers moi et, après s'être assurée que j'allais parfaitement bien,nous laissa enfin seuls.

— D'après ce qu'elle m'a raconté,expliqua-t-il en la regardant sortir, tu t'es effondrée, car tu n'es pas habituée à la densité des cours. Il faut dire que nous avançons à un rythme soutenu.

— Je trouve l'atmosphère si pesante, oppressante.

— Ah bon ?D'ordinaire, pourtant, l'ambiance est bien plus joyeuse.

Est-ce une école ici ou une prison ?Comment est-ce possible que les lycéens viennentvolontairement fréquenter cet établissement, me demandai-je.Je ne crois pas en mesure d'aller au bout de cette semaine.

— Tu verras qu'avec le temps, tu t'yferas assez rapidement. Dis-moi, es-tu nouvelle dans cette ville ?

— Oui, je suis arrivée il y a seulement deux jours, mais comment as-tu pu le deviner ? Je ne t'ai rien dit à ce propos.

— Ce matin déjà, tu avais l'air perdue dans tes pensées et voilà que, maintenant,tu t'écroulespar terre pendant le cours. J'espère, malgré ce désagrément, que tu seras émerveillée par notre belle capitale.

J'avais envie de lui dire que c'est plutôt lui qui m'émerveillait. Il était d'une beauté à couper le souffle et son attention à mon égard me faisait fondre, mais je n'eus pas le temps de lui répondre que l'infirmière revenait déjà vers nous pour me donner l'autorisation de rentrer.

— Quelle heure est-il ? Les cours sont-ils déjà finis ?

— 15 heures. Nos camarades sont partis depuis plus d'une heure.

— Oh, mon Dieu,il faut que j'y aille !

— Où habites-tu ? On pourrait cheminer ensemble si tu veux.

Si je le voulais ?répétai-je en moi-même.

Il m'était raisonnablement impossible de décliner sa proposition. C'était mon vœu le plus cher, que de faire un bout de chemin avec lui. Tant de sollicitude le rendait encore plus attirant. Comment dire « non » à sa compagnie ?

— J'habite à quelques rues de la place de la Liberté.

— Quel heureux hasard ! C'est là mon quartier. Allons-y donc ensemble.

Je n'hésitai pas une secondeEt, comble du bonheur, il me donna la main.Nous marchâmes l'un à côté de l'autre comme deux amis de longue date. Gentil, élégant,prévenant, il avait tout ce dont une fille pouvait rêver. En parfait homme de bonne éducation, il prit mon sac et le porta en plus du sien pour m'enlever ce poids des épaules.

Sur le retour, je découvrispourquoi je lui trouvais tant de charme. Il était attentionné et comprenait les autres aisément. Sa voix cristalline ressemblait à celle de celui que je ne parvenais à oublier. Il s'agissait bien sûr de Léonce.

Mon ex était un garçon avenant, souriant, et il savait parler aux filles. Dès le premier regard, je n'avais pu résister à son aura si attirante. Capitaine de l'équipe de football de l'établissement, il était le garçon le plus populaire auprès de la gent féminine et chacune de nous rêvaitsecrètement de lui. Cependant,résumer son pouvoir de séduction uniquement à son physique n'était pas lui rendre justice. Calme, serviable, il savait écouter les gens et les consoler dans toute situation malheureuse, quelle qu'elle soit. Et, même lorsque la journée avait bien commencé, lui trouvait toujours un moyen de la rendre meilleure.

Intimidée devant lui au début, j'avais un jour pris mon courage à deux mains pour lui donner un baiser,lui déclarant mes sentiments.Quelle n'avait pas été ma surprise d'apprendre qu'il ressentait la même chose pour moi !À partir de ce jour-là,j'avais grandi dans son ombre, admirée par les unes, jalousée par les autres. Combien decamarades m'enviaient dans mon ancien collège ?Combien m'admiraient d'avoir obtenu le sésame convoité par toutes !Léonce m'avait projetée au rang des élèves en vue et ma vie était, de fait, devenue du jour au lendemainparfaitement féerique. Invitée à toutes les fêtes, j'étais *la*fille de l'établissement qu'il fallait avoir dans son cercle d'amis. Ce que les autres ne savaient pas,c'est que Léonce m'écrivait de si jolis poèmes. Personne ne lui connaissait ces qualités, ou celles qu'il me réservait en dehors du terrain de foot. J'avais eu la chance d'entrer dans son univers et de le découvrir comme personne d'autre. Dans l'intimité, il était romantique, même s'il se sentaitobligé de se montrer dur en public. Il avait su conserver, entre nous, cette part de gentil garçon dont j'avais toujours rêvé. Bien plus que les fleurs qu'il m'offrait et les mots en poésie qu'il me livrait, Léonce ne cessait de me surprendre par son amour, lors de nos escapades nocturnes au clair de lune ou lorsqu'il se rendait à mes côtés aux fêtes auxquelles il était invité. À chaque fois, un si vif bonheur m'assaillait. Comme toutes les premières amours et,en raison dema naïveté habituelle, j'avais cru que Léonceaurait été le dernier. D'autant plus qu'il m'avaitfait la promesse de me conduire devant le maire, promis des voyages à travers le monde et bien d'autres surprises au-delà des frontières. Lorsqu'il ouvrait la bouche, je me sentais importante, noble, et mon âme s'envolait. J'étais tout pour lui et lui était tout mon univers. Le monde pouvait s'arrêter de tourner, nous nous en moquions. Nous vivions le doux songe d'un futur heureux.

Et, alors que je vivais notre amour comme un rêve éveillé, certains voyaient notre histoire d'un mauvais œil. Les filles auraient bien voulu m'évincer et prendre ma place. Ces pestes ne comprenaient pas pourquoi un garçon comme lui pouvait s'intéresser à moi. Les langues de vipère commencèrent à jaser et, bientôt, mes amies elles-mêmes se mirent à colporter de fausses rumeurs sur nous. Voyant que cette stratégie ne produisait aucun résultat sur notre couple, certains en vinrent à faire courir le bruit de prétendues infidélités. Heureusement, notre amour était très fort pour résister à tous ces mensonges. Ces histoires devinrent même dessujets de rigolade entre nous. Malgré les rires, j'avais constaté un changement dans le comportement de Léonce. Lorsque je lui en parlais, il me laissait entendre qu'il n'y avait rien de grave. S'il était un peu différent, c'est parce qu'ils'inquiétait pour ses résultats scolaires. Cela aurait dû me mettre la puce à l'oreille, mais j'étais jeune, naïve, et je croyais que l'amour triompherait de tout, sans exception. N'avais-je pas été prévenue qu'il me briserait le cœur ? Avec le recul, je comprisque mes amies avaient eu raison, dès le départ.

Voici donc commentnotre belle histoire avait pris fin.

Un soir, alors que nous devions sortir au restaurant, j'avais cru lui faire une agréable surprise en arrivant chez lui deux heures plus tôt que prévu. Je m'étais précipitée vers sa chambre, dont la porte était entrouverte. Il ne la fermait jamais entièrement lorsqu'il se trouvait à l'intérieur. J'avais fait irruption dans la pièce sans prévenir, le sourire aux lèvres, sans me douter un seul instant quele spectacle qui allait s'offrir à moi resterait à jamais gravé dans ma mémoire. Je l'avais trouvé dans les bras d'une autre fille, l'embrassant sans la moindre gêne.

Dire qu'il m'avait juré fidélité et parlé demariage !

Sans attirer l'attention sur moi, j'étais sortie de là à pas de velours etm'étais échappée, comme j'étais arrivée, en toute discrétion. Les mises en garde de mes amies retentissaient dans mes oreilles, et dans mon cœur battant. Moi qui l'avais pris pour l'idéal masculin, le Roméo de mes rêves, il s'avérait en réalité aussi cruel que le diable lui-même,peut-être même, pire.

Après un tel choc, j'avais couru chercher du réconfort dans les bras de mes amies à qui j'avais raconté la scène à laquelle je venais d'assister. Elles avaient bien sûr essayé de meconvaincre de la véracité deses sentiments à mon égard mais, le cœur meurtri, je ne pouvais plus lui faire confiance.

Léonce était la personne la plus importante de ma vie et j'avais penséqu'il m'estimait tout autant.

Jem'étais attendue à ses excuses, mais c'est avec mécontentement qu'il s'était présenté à moi quelques heures plus tard, passablement agacé par mon retard.J'avais dû fournir un effort herculéen pour contenir ma colère, avant de rompre avec lui.C'était pour moi le début de la fin, la fin d'une belle histoire. Ce qu'il m'avait fait me fendait le cœur, cependant je n'arrivais pas à le sortir de mon esprit. Mais, à quoi bon laisser ces pensées remonter à la surface ? J'avais quitté la ville dans l'espoir de ne plusavoir à le recroiser de ma vie.

— Pardon, tu m'as parlé ?

Je venais de m'apercevoir de notre long silence. Nous avions parcouru une bonne distance sans converser.

— Je te demandais où tu vivais avant de venir t'installer ici.

Je me mis à lui parler de Kara, de sa paisible vie, plus campagnarde que citadine, que j'y avais menée jusque-là. Je mentionnai tout le charme de notre petite agglomération. En dépit du faible taux d'alphabétisation, on y vivait en harmonie.La population ne s'était pas repliée sur elle-même, bien au contraire, les résidents traitaient avec respect tous les nouveaux arrivantset les accueillaient dans la dignité.À Kara, chacun se sentait tellement bien que des gens de tous horizonsse regroupaient là et vivaient en communauté. Certains Caucasiens s'étaient si bien mêlés à la population locale que, la saison pluvieuse venue, on les voyait prendre la route vers

les champs, houe et machette à la main. Ces Européens arrivaient pour la plupart dans le septième mois de l'année pour
découvrir les rites initiatiques enpays kabye. Souvent, ils
revenaient avec toute leur famille afin de s'y installer pour
de bon. Nombre d'étrangers avaient ouvert à Kara des boutiques d'électronique, des pizzerias et bien d'autres commerces.

— Je ne suis jamais sorti de Lomé depuis que mes parents
et moi y sommes arrivés. J'aimerais tellement avoir la
chance de découvrir ta ville.

Nous venions d'arriverdans notre quartier et ce fut douloureux de prendre congé de lui.

— Merci beaucoup d'avoir fait le chemin avec moi
jusqu'ici. Je continue à gauche maintenant,et toi ?

À ces mots, je vis unheureux étonnement gagner son visage.

— Moi aussi,j'habite dans cette rue. Ça alors !

Cette annonce melaissa sans voix. J'avais vraiment du
mal à y croire. Combien de chances avais-je qu'un tel hasard
se produisît ?La perspective de profiterde sa compagnie encore quelques instants me ravit. Nous marchâmes les derniers mètres, côte à côte, en gardant le silence. Tandis que
Norbert admirait les belles façades des maisons qui jalonnaient la rue, mon regard se fixait sur l'adolescent.

Il était si beau, si attentif, il avait décidément tout pour
plaire à une fille. Combien devaient déjà avoir succombé à
son charme ?Mais une question me trottait dans la tête :

était-il digne de confiance ou,cette beauté apparente cachait un don Juan ?Je ne le connaissais que depuis quelques heures, toutefois j'avais le sentiment que ce n'était pas un mauvais garçon. Norbert avait tout l'air d'un type sérieux et simple. La preuve en était qu'il n'avait tenté aucune initiative pour me séduire.

Oh… quel plaisir de m'imaginer dans les bras de Norbert, me mis-je à rêver.

Mais cet instant suspendufut rompu par notre arrivée devant la maison qui serait désormais mon habitation.

— C'est ici chez moi. Merci de m'avoir accompagnée.

— Incroyable !nous sommes voisins. Je vis dans la modeste maison d'en face, dit-il en désignant une jolie demeure qui n'avait rien de modeste.

La nôtre avait l'aird'une hutte en comparaison.

Comme j'étais là depuis peu, je n'avais pas encore fait la connaissance detout le voisinage.Aussi, apprendre que le joli garçon avec qui j'avais passé une partie de la matinée résidait de l'autre côté de la route, remplissait mon cœur de joie. Bien que le moment fût venu de nous séparer, nous demeurâmes sur place, hébétés, à nous regarder sans un mot, incapables de nous dire au revoir.

Je n'aurais su expliquer ce que je ressentais en ce moment pour lui. Était-ce de l'amour ? Une simple attirance physique ?

Norbert aussi restait là, sans bouger, ne voulant pas s'en aller. Ce silence commençait à devenir un peu gênant.Soudain, une voix derrière moi m'appela. Je me retournai et j'aperçus ma belle-mère qui me faisait de grands signes pour que je rentre immédiatement.

D'où sortait-elle, celle-là ?

— Bonne soirée, Norbert.

— À demain, donc.

# 3

*Ce n'est pas toujours facile d'êtrel'épouse de Magnim. Il est certes vrai qu'il peut se montrer vraiment charmant quelquefois, cependant il arrive que la cohabitation avec lui devienne très compliquée, voire un véritable cauchemar. Depuis le début de notre vie de couple, il m'a charmée avec de belles paroles et je l'ai cru. Le temps passant, il s'est montré moins agréable et ce n'est pas facile de faire semblant, comme si tout allait toujours bien entre nous. Notre voisin, pour sa part, est un homme séduisant, dont la femme a beaucoup de chance de partager sa vie. Et dire que j'aurais pu être à sa place !*

Je fus interrompue à ce moment de la lecture par un coup frappé à la porte. Je dissimulaisans tarder le cahiersous mon oreiller. Et la porte s'ouvrit, laissant le passage libre à Anaïs, ma belle-mère.

Quand cette dernière m'avait aperçue plus tôt en compagnie de Norbert, elle m'avait interditsur un ton qui se voulait autoritaire, et sans équivoque, de me lier d'amitié avec celui-ci. Certes, elle connaissait le voisinage depuis plus longtemps que moi, mais de là àintervenir dans mon cercle d'amis pour me dire qui pouvait ou non s'y trouver, il ne fallait pas pousser.Elle allait trop loin et je comptais bien ne pas me laisser diriger aussi facilement.

L'explication qu'elle m'avait donnée plus tôt m'avait laissée sans voix. L'idée de devoir m'écarter de Norbert pour satisfaire ma belle-mèreétait loin de me plaire. En dépit de l'infime part d'amour que je lui accordais,il me fallait néanmoins accepter les règles de cette nouvelle maison. En effet, lorsque j'avais voulu comprendre pourquoi mon amitié naissante avec Norbert la dérangeait tant, elle m'avait fait savoir que ses parents ne nous voulaient aucun bien. Je trouvaisla réponse un peu légère, mais j'avais compris que je n'en obtiendrais pas d'autre. Aussi, j'étais partie m'enfermer dans ma chambre pour m'y calmer.

Qui était-elle pour m'empêcher de revoir Norbert ?

Endeux jours de cohabitation, je n'avais encore trouvé aucune raison valable de la considérer commeune mère.

La rage au ventre, je balançai mes affaires çà et là, trop énervée pour redescendre en pression. Mon sac à dos, jeté dans un accès de colère, atterrit sur mes habits balancés, eux aussi, sur le lit et qui gisaient pêle-mêle. Mon portable, qui avait pris la même direction, rebondit sur le tas de vêtements, alla se logerde l'autrecôté du matelas.Comme il s'étaitcoincé entre le lit et le mur, je dus, malgré la fatigue,pousser le mobilier pour pouvoir glisser la main dans l'interstice, mais mes doigtsentrèrent dans une toile d'araignée. Je fis la moue, mais rattrapai mon téléphone.Soudain, je sentis autre chose. J'enfonçai la main plus profondément. Il s'agissait d'un cahier. Je le sortis.Ce dernier avait tout l'air d'un journal intime. Ça aurait été difficile de le dater, toutefois, vu toute la poussière qui le revêtait, il devait s'y trouver depuis un bon moment. Heureusement qu'il était là, d'ailleurs. Il avait pu amortir la chute de mon portable. En dépit de son aspect peu reluisant, la tentation de l'ouvrir l'emporta sur la raison. Avec le temps, l'écriture était devenue moins lisible, mais elle était tout de même bien conservée au milieu du carnet.

L'extrait que je venais de lire m'incitait à en découvrir davantage. La graphie, fine et légère, était celle d'une femme.Cette trouvaille étaitquasiarchéologique. Il y avait de fortes chances que ce journal fût celui de ma belle-mère.Et j'étais bien décidée à mettre à jour ses sombres secrets.Après tout, j'avais du temps à revendre, vu que je n'avais pas le droit de fréquenter qui je voulais.

C'était donc à cet instant que quelques coups avaient résonné à la porte et qu'Anaïs était entrée, sans même attendre mon autorisation.Ma belle-mère semblait se moquer de ma permission, préférant m'imp**ersa présence.

— Peut-on discuter un moment ?

J'eus bien envie de lui répondre par la négative, mais serait-elle sortie de la pièce pour autant ?Avant même que je ne lui réponde, elle vint poser son séant sur le lit, à quelques centimètres du cahier.

— Je n'ai pas dit oui, répondis-je froidement.

— Tu n'as pas non plus dit non, rétorqua-t-elle sèchement, alors, tais-toi et laisse-moi te parler. Ensuite, tu pourras faire ce que bon te semble.

Ce dont j'avais envie, ce n'était certainement pas d'avoir une conversation avec celle qui avait fait tant de mal à ma mère.

— Je sais bien que je ne pourrai jamais remplacer ta mère dans ton cœur et ceci n'est pas mon intention. On n'en a qu'une et personne ne pourra jamais briser le lien qu'il ya entre vous deux. Je désire seulement que toi et moi nous entendions bien. Peut-être me trouves-tu un peu dure envers toi, du fait que je t'ai demandé de t'éloigner du fils du voisin.Mais il faut que tu saches qu'il existe certaines vérités dont tu ignores tout. J'aimerais aborder le sujet avec toi ce soir. Ensuite, tu comprendras que je n'ai agi que pour ton propre bien et sans arrière-pensées. Je sais que la chose est plutôt difficile à concevoir, mais, s'il te plaît, écoute-moi jusqu'au bout sans m'interrompre.

Je n'avais pas envie de l'entendre, mais elle poursuivit son récit, malgré ma moue réprobatrice.

— L'histoire que je vais te raconter remonte à plus de dix ans maintenant. À l'époque,j'étais l'assistante de direction d'une petite entreprise d'import-export, société dont le voisin, Gustave Kalgora,se trouvait être le directeur général. Je préfère te préciser tout de suite que nos rapports ont toujours été strictement professionnels. C'était un homme intelligent, chaleureux et sympathique. Mais j'avais une ligne de conduite, et je tenais à la respecter et, surtout, je ne voulais pas tomber dans le stéréotype de la secrétaire qui couche avec son patron. De plus, dans le cadre de mes fonctions,j'avais tous les jours affaire à desclients et des collaborateurs de l'entreprise,tout à fait charmants, certes, et au portefeuille bien garni, il faut bien l'avouer, et ces derniers ne se gênaient pas pour me faire du charme. Tous étaient issus de familles particulièrement nanties et avaient l'habitude d'obtenir sur un simple claquement de doigts tout ce qu'ils désiraient. Toutefois, mon ambition n'était pas de devenir la maîtresse de ce genre d'individus. En revanche, il y avait un monsieur qui travaillait à deux pas de notre bureau et qui était tout à fait mon genre d'homme. Il n'avait pas une fortune exceptionnelle, mais gagnait tout de même bien sa vie. Au début, nos échanges n'allaient pas au-delà des simples salutations. Puis, un jour, il a commencé à s'intéresser de plus en plusà moi, me questionnant sur ma vie, mon travail. Nous nous voyions à peu près une fois par semaine autour d'un repas. Il se montrait toujours respectueux et attentif, rien ne m'aurait laissé penser que cet homme avait une femme. Ce n'est qu'au bout d'un certain temps qu'il m'a avouéêtre marié et qu'entre nous, ça ne pouvait pas marcher…

Anaïs marqua une pause, comme si elle attendait finalement une réaction de ma part.

— Lorsqu'il prononçait ton prénom,son visage s'illuminait aussitôt.Il disait que tu étais la chose la plus extraordinaire qui lui soit jamais arrivée. Il évoquait tes réussites scolaires, ta curiosité extrême, héritée de ta mère, et tout l'amour que tu ressentais pour lui. Tu représentais absolument tout pour lui. Rien ne le rendait aussi fier que d'être ton père.Quand il parlait de ta maman,comme cela lui arrivait parfois, c'était avec une petite gêne dans la voix.Tonpère n'a jamais imaginé qu'une romance pourrait naître entre nous, mais nousétions déjà allés trop loin et j'éprouvais de profonds sentiments à son égard. À cette époque, mon patron commençait à me faire des avances, que je refusais systématiquement. Un jour,ça avait pris une telle tournure qu'il s'était mis à me poursuivre dans la rue. Kalgoravoulait m'obliger à devenir sa femme.Heureusement, nous sommes tombés sur ton père que j'ai présenté comme mon copain pour calmer les ardeurs de mon harceleur. J'espérais que cette rencontre marquerait la fin de cette cour pressante, mais en le voyant dubitatif, j'ai volé un chaud baiser à ton père. Pris au dépourvu, Kalgora est demeuré sur le trottoir sans réaction pendant quelques secondes,puis a soudain fondu sur ton père. Par chance, il savait se défendre. Leur altercation aprovoqué un attroupement et les spectateurs sont intervenus immédiatement pour les séparer.

Je commençais à l'écouter plus attentivement. Anaïs, quant à elle, reprit sa respiration après cette longue tirade.

— Ton pèrea reçu plusieurs coups dans la figure, mais il ne s'est pas laissé malmener, il en a donné quelques-uns à son adversaire. Ensuite, je l'ai emmené chez moi pour lui faire quelques points de suture. Je m'attendais à ce qu'il réagisse mal, à cause du baiser volé et de ce qui était arrivé par ma faute, mais il ne m'a pas parléni du baiser ni de la bagarre.C'est alors qu'au fond de moncœur, j'ai compris que je ne le laissaispas insensible. J'étais donc comblée. Hélas, mon bonheur a été de courte durée. Le lendemain, lorsque je me suis présentée à mon poste, mes affaires avaient été mises dans le carton qui m'attendait sur mon bureau.On ne voulait plus de moi au sein de l'entreprise. Mise à la porte à 24 ans.Le monde autour de moi s'effondrait. Toutefois, sur le coup, j'avais plutôt accueilli la nouvelle avec une certaine indifférence. Ce n'est qu'une fois de retour à la maison que j'ai pris conscience de mon licenciement.Ma vies'écroulait. Je me retrouvais sans emploi et je n'avais personne à qui me confier. Ton père, après avoir passé la nuit chez moi, était rentré chez lui.

À cette annonce, je fronçai les sourcils et serrai les dents pour ne pas exploser.

— Pour avancer sur le plan professionnel, j'ai dû sacrifier ma vie sociale et,de ce fait, mes amies m'ont laissé tomber. C'est seulement ce jour-là que je me suis rendu compte de l'état de ma vie, que j'avais crue heureusejusque-là, alors que ce n'étaient que chimères. En réalité,j'étais malheureuse.J'avais tout fait pour me voiler la face en m'investissant sans relâche dans mon travail, pensant à ma carrière,alors partie en fumée. Il ne me restait rien. Je n'avais rien. Je n'étais personne. Où était ma place ?Nulle part, si ce n'était sur un tas de fumier. Comment pouvais-je accepter pareille humiliation ? Il me fallait trouver une solution, oui, mais laquelle ?Il n'y en avait aucune, sauf peut-être… en finir avec la vie elle-même. Je ne voyais pas d'autre solution pour m'en sortir. Prendre cette décision n'a pas été une tâche facile mais, en considérant le gouffre énorme dans lequel j'étaisdéjà plongée, il n'y avait pas de meilleur choix possible.

À l'évocation de ce souvenir douloureux, Anaïs devint fébrile.

— La question qu'il me restait à résoudre était de savoir de quelle manière j'allais m'y prendre. Je voulais éviter une mort lente et atroce, je voulais surtout partir sans souffrir. Et c'est là que j'ai eu l'idée de rassembler les médicaments qui se trouvaient dans la maison. Après avoir écrit une lettre d'adieu à ton père, j'étais sur le point de passer à l'acte lorsque, soudain,quelqu'un a toqué à la porte. Le bruit m'a interrompue dans mon geste. J'ai regardé par la fenêtre, et j'ai vu ton père, l'air soucieux. Je devinais à son regard qu'il venait d'apprendre la mauvaise nouvelle concernant mon licenciement. Mais il ne fallait absolument pas savoir ce que m'apprêtais à faire. Il a attendu là, sur le pas de la porte, pendant deux bonnes minutes puis, sans réponse de ma part, il est reparti malgré son hésitation.Je ne souhaitais pas qu'il soit témoin de mon départ pour l'au-delà. Une fois qu'il a eu tourné le dos, je mesuis précipitée sur mes cachets et les ai avalés sans aucune modération. Assez rapidement, j'ai commencé à sombrer, et avant de perdretotalement connaissance,j'ai cru entendre des coups à la porte. C'était trop tard pour moi, c'était la fin de tout, de mes souffrances, d'une vie malheureuse, vécue sur le fil du rasoir.

Son récit aurait dû m'émouvoir, mais il n'en fut rien.

— Je ne sais combien de temps s'est écoulé avant que je ne revoie la lumière du jour.Le médecin m'a appris que j'avais échappé à la Faucheuse de justesse, grâce à l'interventionde mon copain qui m'avait conduite à l'hôpital de toute urgence. Je ne savais absolument pas de qui le docteur voulait parler mais, en voyant ton père sur le côté, j'ai tout de suite comprisque c'était lui, mon sauveur. Dans les jours qui se sont ensuivis, mon ancien employeur a eu vent de ma tentative de suicide, mais il a préféré garder le silence. Il ne s'est pas manifesté et il en a été de même pour mes collègues de service que j'avais jusque-là considéréscomme de véritables amis. Toutefois, il y en a quand même eu deux qui se sont démarqués en m'envoyant des messages de soutien, mais pour la forme, je ne me faisais pas d'illusions. Une foisremise sur pied, j'ai constaté non sans amertume que ma vie n'était en rien différente de celle que j'avais vécue auparavant. Je ne comptais pour personne, excepté pour ton père, il faut bien le dire. D'ailleurs, c'était lui qui avait pris en charge mes frais d'hospitalisation et c'était aussi le seul à me rendre visite. J'avais trouvé mon bon Samaritain. Il semblait s'être donné pour mission de veiller sur moi. De mon côté, j'avais naïvement cru à la réciprocité de mes sentiments, mais il continuait à parler de ta mère et toi. Un jour, j'ai été tentée de me présenter à ta mère, je l'avoue, car j'avais envie de tirer cette affaire au clair, pour qu'il fasse enfin un choix entre nous. Puis, c'est arrivé un jour. J'ignore comment elle avaitdéjà été mise au courant de la relation quelque peu étrange que j'entretenais avec son mari. À partir de ce moment, ça ne s'est plus très bien passé entre eux et, ta mère l'a poussé dans mes bras sans que je fasse d'efforts pour y parvenir.

Je n'en revenais pas.Anaïs avouait être responsable de leur séparation tout en se faisant passer pour la malheureuse de service. Elle avait eu le culot d'aller voir ma mère pour lui voler son mari, mon père !

— Il l'a un jour quittée pour s'installer chez moi. Comme tu le sais sûrement, l'amour n'étant pas toujours chose facile à comprendre, ton père a fini par éprouver de grands sentiments à mon égard. Nous avons alors franchi le cap de non-retour. C'était lors d'une soirée bien arrosée.Nous n'avions pas toutes les idées en place et sommes passés à l'acte. C'est seulement ce jour-là que nous nous sommes connus intimement. Tes parents n'étaient plus ensemble quand nous avons eu notre première fois. Et puis, les choses ont évolué très rapidement. Ta mère t'a alors emportée loin de lui. De mon côté, je faisais tout pour donner à ton père une autre raison de sourire à la vie. Et c'est ainsi que ce qui devait au départn'être qu'une situation temporaire est devenu un merveilleux conte de fées. Vivre sous le même toit avait fait naître chez ton père des émotions que j'attendais depuis très longtemps. Il a alors commencé à me voircomme une compagne et nous nous sommes rapprochés de jour en jour. Plus tard, nous avons déménagéet sommes venus nous installer dans la capitale.

J'avais envie de me boucher les oreilles pour ne plus à avoir à écouter ses confidences, mais ma belle-mère ne semblait pas vouloir s'arrêter en si bon chemin.

— Si, à l'époque, nous avions su qui allaient être nos futurs voisins, nous n'aurions jamais acheté cette maison. J'ai découvert que mon ancien patron, celui qui avait fait de ma vie un enfer, logeait juste en face de chez moi. Imagine ce que ça a réveillé en moi…De profonds et douloureux sentiments, bien sûr. De son côté, Kalgora ne partageait pas lemême point de vue, puisque, en apprenant notre installation à proximité de sa demeure, il s'est permis d'entrer en contact avec moi.

À ce moment,Anaïs s'interrompit de nouveau pour reprendre son souffle.

— Il était resté le même personnage égocentrique, narcissique, imbu de sa personne, mais il était aussi très malin. Un matin, alors que j'étais seule à la maison, il a fait irruption chez moi et… il m'a violée. Tu ne peux imaginer à quel point je l'ai suppliéd'arrêter, mais il était bien plus fort que moi et me dominait avec une grande facilité. Après son acte odieux, il m'a intimé l'ordre de n'enparler à personne. Il m'avait tant effrayée ce jour-là que je me soumise à ses volontés, sans protester. Dans les jours suivants, il est revenu à la charge,une fois que ton père avait quitté la maison. Il m'intimidait, me terrorisait.Dès que je tentais de lui résister, il me menaçait. Un jour, ilest même allé dans la cuisine, s'est saisi d'un couteau de table et l'a pointé vers moi pour me menacer. Les choses se passaient ainsi. Il venait assouvir sa libido dès quel'envie lui en prenait…

Anaïs fit une nouvelle pause. Je ne savais que direen entendant les révélations de ma belle-mère.

— Mais, un jour, une dame qui avait remarqué son manège, a mal interprété les choses et est allée raconter à ton père que je lui étais infidèle. Lorsqu'il m'a interrogé à son retour, je n'ai pas pu lui cacher la vérité plus longtemps. J'avais honte. Mais lui a pris mes larmes pour un aveu de culpabilité. Comment trouver les mots exacts pour te décrire la crise qui s'est ensuivie…Tout cela pour te faire comprendre que depuis ce jour-là, ton père et les voisins ne se sont jamais réconciliés. Bien que vivant côte à côte, nous ne sommes bien évidemment jamais devenus amis. Ceci explique le fait que je me sois montrée un peu dure avec toitout à l'heure. Acceptes-tu mes excuses ?

Interdite, je la regardai avec un profond dégoût. Ma belle-mère était non seulement à l'origine de la séparation de mes parents mais, en plus, c'était elle la cause du conflit qui opposait mon père aux parents de Norbert.

Comment pouvait-elle penser que j'allais tout bonnement fermer les yeux sur tant de mauvais choix ?

Je sortis précipitamment de la chambre. Il fallait que j'aille pleurer ailleurs, loin de cette femme qui détruisait tout sur son passage.

**4**

Le soleil déclinait dans le ciel tandis qu'au-dessus de ma tête, quelques oiseaux s'éloignaient en escadron vers le sud. Les volatiles se dirigeaient vers la plage où l'air était plus frais, plus agréable. Dans les rues, les écoliers du primaire rentraient des cours, passaient le long des étals des vendeuses qui venaient de finir d'écouler leurs marchandises sur la place du marché. Un tohu-bohu indescriptible régnait partout et cela ne semblait gêner personne. Ce vacarme assourdissant correspondait à la description qui m'avait été faite par mes amies de la capitale. Les klaxons incessants des motos, les conducteurs qui répondaient aux insultes des passants, les cyclistes, moins perturbés, qui se faufilaient habilement entre les voitures, tous ces bruits et ce nouveau dialecte me déboussolaient. Je m'étais tellement habituée à Kara, cette petite ville tranquille, loin de Lomé, la plus grosse mégalopole du pays.

Les semaines passèrent, mais je restais bousculée par l'effervescence de cette ville.Depuis que j'étais ici, j'avais l'impression d'avoirpassé la frontière et atterri dans un autre monde. Au-delà de la barrière linguistique, je découvrais des sensations et odeurs nouvelles. Dans l'air, je humais des parfums, irrésistibles, il faut bien le reconnaître. La ville m'avait envoûtée et j'étais totalement tombée sous son charme. J'avançais sans savoir où j'allais exactement. Mes pas me guidaient vers une destination inconnue de mon cerveau. Tout à coup, je sentis une main se poser sur mon épaule et me ramener en arrière. Avant que je ne découvre qui m'avait tiréede la sorte, je vis débouler une motoqui passa à toute vitesse devant moi et me frôla,tandis que le pilote me lançait des gros mots que je ne comprenais absolument pas. Je me retournai pourremercier celui qui m'avait sauvée in extremis et…

— Ornélia ?

— Bonsoir, Pélagie. Serais-tu déjà fatiguée de Lomé,même après trois mois, au point d'avoir décidé de mettre fin à tes jours ?

— Je…je ne sais pas.

— Allez, c'était une simple blague. Mais, que fais-tu aussi loin de ta maison ? Tu n'as pas l'air très en forme, dit-elle en remarquant mes traits tirés.

Tout en continuant la route ensemble, nous discutâmes de tout et de rien.

— Mais tu ne m'as pas dit ce que tu es venue faire au marché.

— C'est vrai. Tiens, regarde. Je suis venue acheter quelques petits trucs pour mon copain. Je l'ai rencontré il n'y a pas très longtemps. Il fête son anniversaire la semaine prochaine et j'ai voulu lui prendrequelques bricoles que je lui offrirai en cadeaux d'anniversaire.

— Il a énormément de chance de t'avoir. J'espère qu'il mérite tout ton amour. De nos jours, les garçons ne sont pas tous sérieux.

— Pas lui. Je sais que c'est un peu cliché, mais il m'est fidèle. Assez parlé de lui. Dis-moi, quel garçon as-tu laissé, le cœur meurtri, à Kara ?

À sa question, mes pensées s'envolèrent immédiatement vers Léonce. Après tout ce temps passé loin l'un de l'autre, il était la seule personne qui occupait encore la place dans mon esprit. Je n'avais jamais cessé de l'aimer. Mais, lui, qu'éprouvait-ilréellementpour moi à l'heure actuelle ? N'était-il pas déjà entre les mains d'une autre fille, lui disant les mêmes mots qu'il m'avait murmurés jadis ?

— J'ai bien eu quelqu'un, mais celui-ci s'est avéré être un vrai connard. Aujourd'hui, je préfère l'oublier et je suis convaincue qu'il ya bien assez de beaux jeunes hommes dans cette ville pour passer à autre chose.

— Je reconnais là les mots d'une jeune fille qui vient de trouver un autre garçon. Dis-moi, je le connais ?

J'aurais bien aimé lui confier qu'il s'agissait de Norbert, cependant je ne me sentais pas encore suffisamment proche d'elle pour lui livrer cette information. Par ailleurs, ce dernier ignorait toujours la nature de mes sentiments à son égard.

— Je n'ai personne, moi.

— J'ai bien envie de te croire, mais je sais que tu me caches quelque chose. Allez, ce sera notre secret entre filles.

J'étais vraiment tentée de lui raconter la vérité, mais je me retins à temps. Après tout, on ne se connaissait pas si bien que ça.

— OK, je n'insiste pas,mais promets-moi que je serai la première à qui tu dévoileras son identité.

— Promis, juré. Nous sommes amies pour la vie.

Cette marche aux côtés d'Ornélia fut la meilleure chose qui m'arriva ce jour-là. Elle me fit découvrir les environs. Là où je ne voyais qu'une vieille bâtisse qui méritait la démolition, elle y faisait apparaître un lieu chargé d'histoire qui méritait une place dans le patrimoine sacré de l'Unesco. Elle savait tout surtout et tout le monde. Son savoir me fascinait jusqu'à ce qu'une vague idée me traversât l'esprit. D'abord, je n'y prêtai pas attention, puis je me risquai à l'exprimer.

— Tu sembles tout connaître de cette ville et ses habitants. Je peux te poser une question ?

— Si je sais tant de choses, c'est sans doute parce que je suis née ici, mais j'ignore bien des choses. Vas-y, pose-moi ta question. Si j'ai la réponse, j'y répondrai avec plaisir et je ferai une heureuse.

— Cela concerne ma famille. Je t'interroge à son sujet parce que tu as l'air d'avoir pris tes marques chez nous. J'ai l'impression qu'il y a une mésentente entre mes parents et les Kalgora.

Ornélia me fixa un long moment, puis porta son regard vers le ciel.

Y cherchait-elle un accord desdieux avant de m'apporter une réponse ?

— J'aurais préféré discuter de quelque chose de plus joyeux. Mais, d'après ce que j'en sais, la discorde ne date pas d'hier. Elle perdure depuis une dizaine d'années et ne risque pas de s'éteindre du jour au lendemain. L'infidélité de ta belle-mère avec le voisin en serait à l'origine. D'autres font mention d'un viol. Nul ne peut affirmercomment les choses se sont passées exactement, moi non plus d'ailleurs. Étant en bonne relation avec les tiens, je préfère ne pas m'attarder sur ce sujet. Peut-on parler d'autre chose, s'il te plaît ?Je préfère ne pas m'en mêler.

Déçue, je regardai vers le ciel. La position du soleil annonçait que la nuit allait bientôt tomber. Chemin faisant, je remarquai le silence d'Ornélia. Elle en savait bien plus qu'elle ne voulait me le faire croire.

Comment l'amener à tout me dévoiler ?

Cette préoccupation, majeure, m'obnubilait.

Les jours suivant notre conversation furent les plus agréables. Bien qu'ayant décidé de poursuivre la lecture dumystérieux journal,j'en vins àoublier l'existence de celui-ci. Dans le but de faire du mal à ma belle-mère et ayant pour objectif, inavoué, de séduire Norbert, je passai de plus en plus de temps avec lui.

J'ignorais si mon père avait eu vent de ce rapprochement, mais jamais il n'aborda le sujet avec moi. Dans cette situation pleine de secrets inavoués, chacun y trouvait son bonheur.

De mon côté, mes balades avec Norbert me rappelaient sans cesse mes meilleurs souvenirsavec Léonce. Il lui ressemblait en tous points, et j'avais l'impression d'être en présence de mon ex, même si ce n'était pas lui. Norbert commençait à me murmurer des mots doux.

Au cours des semaines qui s'ensuivirent, je devins encore plus proche d'Ornélia, dans l'espoir qu'un jour elle me racontât le reste de ce qu'elle savait sur les miens. Malheureusement, mon attente s'avéra aussi longue qu'inutile.Cependant, un jour, elle accourut vers moi, le visage lumineux.

— J'aimerais te présenter quelqu'un aujourd'hui. Si tes parents sont d'accord, nous pourrons nous rendre ensemble à la fête d'anniversaire de mon copain.

Mettre un visage sur celui quifaisait battre le cœur de ma meilleure amie était une excellente nouvelle. Aussi, acceptai-je son invitation sans hésiter une seconde. Lorsque je demandai la permission de m'y rendre en compagnie d'Ornélia, personne à la maison ne s'y opposa. Bien au contraire, je vis une lueur dans le regard réjoui de ma marâtre. Elle paraissait contente de me voir me rapprocher d'Ornélia pour m'éloigner de Norbert.

Ce jour-là, à 16 h 45précises, mon amie vint me chercher chez mon père. Pour la première fois, elle portait, au cou et aux oreilles, des bijoux. De plus, elle s'était maquillée et avait fait extrêmement attention au choix de ses vêtements. Je ne l'avais jamais vue aussi éblouissante. Si seulement l'élu de son cœur savait à quel point il avait de la chance de plaire à une fille aussi admirable !me dis-je.

Nous atteignîmes en un quart d'heure une adresse en vue dans un quartier plutôt chic. Comparée à la nôtre, cette demeure avait tout d'un véritable châteauavec ses deux étages. La cour intérieureétait si large qu'un stade de football aurait pu y tenir. Derrière les portes,on entendait les bruits des téléviseursou des radiocassettes, selon le goût de chacun. Dans la cour, nous tombâmes sur un groupe de jeunes filles qui installaient des chaises pour la fête,laquelle allait bientôt débuter. Dès qu'elles virent Ornélia, ellesl'appelèrent et mon amie se précipita vers elles, m'entraînant sur ses traces.

— Bonsoir, les copines ! Laissez-moi vous présenter Pélagie. C'est une nouvelle camarade de classe.

En une minute, je me retrouvai entourée de visages inconnus qui voulaient tout apprendre de moi. Sans que je m'en aperçoive, Ornélia en profita pour s'éclipser et je me retrouvai seule avec elles. Je fus bientôt chargée d'installer les chaises. Une dizaine était déjà alignée et l'autre moitié attendait d'être déployée.Nous travaillâmes dans la bonne humeur, moment rythmé par de petits rires, comme si nous nous connaissions depuis la petite enfance. Je m'étais mêlée à la troupe avec une grande facilité.

Perdue dans le fil de nos discussions, je ne vis pas revenir Ornélia jusqu'à ce qu'elle réapparût un mètre derrière moi

— Pélagie, laisse-moi te présenter mon copain Léonce.

Je me retournai et n'en crus pas mes yeux. Là, devant moi, se tenait mon ex, le seul garçon que je n'avais jamais cessé d'aimer, mon Léonce, le seul et l'unique.

**5**

Une des fenêtres de ma chambre s'ouvrait directementsur la rue. Le jour, on pouvait y voir les gens passer à toute heure. La nuit, une fois le monde endormi, je ne trouvais plus le sommeil, alors je regardais le ciel étoilé. Quelquefois, réveillée au milieu de la nuit, j'allais me poser sur le rebord,en pensant à ma mère et mes amis laissés à Kara,à ma vie d'avant.Là-bas, j'avais eu droit à une vie paisible, sans soucis. Après la trahison de Léonce, mon existence avait changé du tout au tout, cependant je ne m'étais jamais laissée abattre par ce chagrin d'amour. Les garçons sont tous pareils après tout, tels depetits chiens qui s'intéressent ardemment à un os et,une fois qu'ils l'ont obtenu, se contentent de le lécher avant de passer à autre chose. J'avais tenté de vivre une vie heureuse. J'avais renoué avec mes amieset m'étais concentrée bien plus sur mes cours.

Tout de suite après lesprésentations qui m'avaient clouée sur place, j'avais fait mine de ne pas reconnaître Léonce. Ornélia était ma meilleure amie et,lui, mon ex. Ils avaient tout à fait le droit d'être heureux ensemble, du moins, c'est ce dont j'essayais tant bien que mal de me convaincre. Durant toute la fête, j'avais fait tout mon possible pour rester le plus éloigné possible de Léonce. Il semblait si heureux et Ornélia, bien plus encore.

Allais-je gâcher les festivités parce que je vivais toujours dans le passé ? Il m'avait oubliée et avait tourné la page. Peut-être devrais-je suivre son exemple et faire de même ?

En dépit de la réussite de l'événement, et de la contagion de la bonne humeur, je fus la seule à ne tirer aucune joie de la fête. Heureusement, nous ne restâmessur place que pendant une heure. Sitôt qu'elle lui eut offert son présent, Ornélia souhaitaque nous nous en allions. Revoir Léonce avait créé en moi unesensation indescriptible.

À la fois contente, mais également peinée, je ne pouvais décrire avec exactitude les sentiments ressentis au cours de la soirée. Aussi, ce fut un grand soulagement de partir de là. Sur le chemin du retour, j'eus à un moment l'impression d'avoir aperçu Léonce derrière nous, mais ce devait sans doute être le fruit de mon imagination.

J'avais un sommeil peu profond d'ordinaire, maiscette nuit-là, surtout, j'avais eu bien du mal à m'endormir. Ce n'était pas facile de tomber dans les bras de Morphée quand on venait de découvrir que sa meilleure amie sortait avec son ex. Dans ma tête, je les voyais s'embrasser au clair de lune. C'est à ce moment précis que je sortis de mon cauchemar.

Ornélia et Léonce, pourquoi cette image me hantait-elle tant ?

Cependant, ce n'était pas vraiment cela qui avaitprovoqué mon réveil. J'avais entendu des bruits de pas derrière ma fenêtre. Un coup d'œil vers celle-ci ne m'apprit rien de plus.Elle était entrouverte, telle que je l'avais laisséela veille au soir.Seul un courant d'air frais entrait dans la chambre.

Une force me poussa à aller satisfaire ma curiosité. Tout paraissait normal dehors et je ne parvins pas à trouver l'origine du bruit qui m'avait sortie de mon sommeil. Je larefermai et revins dans mon lit quand, tout à coup, mes yeux tombèrent sur une enveloppe posée sur le rebord de la fenêtre. Je pusm'en saisir sans problème. Cela éveilla ma curiosité, mais me rendit songeuse. Je la retournai pour découvrir l'identité de l'expéditeur, toutefois seul mon nom était inscrit dessus.

Qui pouvait encore déposer des paquets aux fenêtres des gens ences temps-ci et surtout à cette heure si tardive ?

Qui avait bien pu la laisser là et que pouvait-elle bien recéler ?

J'appuyai sur l'interrupteur et, bientôt, la chambre fut baignéede lumière. J'ouvris l'enveloppe avec facilité et je versai son contenu sur le lit.Je fus aussitôt saisie d'une immense joie. À l'intérieur, un mot, mais également, et surtout, une rose. Ce n'était pas une de ces fleurs naturelles qui se seraientabîmées avec la chaleur, mais une artificiellequi garderait son rouge éclatant et distillerait un parfum envoûtant, même après unséjour dans une enveloppe cachetée. Sans prêter attention au mot, je m'intéressai rapidement à la fleur. Je l'approchai de mes narines et me retrouvaiaussitôt transportée dansun autre univers.

Tout à coup, tout en ce monde ne devint que parfums et fleurs. L'endroit, semblable à un vaste jardin, se déroulait à perte de vue et chantait la vie. On ne voyait rien d'autre que des tulipes rouges,qui éclaboussaient les sens de leur couleur et leur fragrance. Toutes étaient à la fois magnifiques et sujettes à contemplation. Les lieux féeriquesparaissaient tout droit sortis d'un film d'amour. Croyant l'endroit désert, je fis une centaine de pas, meconcentrant uniquement sur les oiseaux qui,de leurvoix,remplissaient l'air de belles mélodies. Ce n'était pas un endroit comme un autre. Tout ici était parfait, d'une perfection à vous faire perdre le fil du temps. Je ne sais combien de temps je marchai avant de rencontrerquelqu'un. Était-ce cinq minutes ou une demi-heure ? Lorsque je vis cet homme, de dos, il se tenait sur le haut d'une colline,face au soleilcouchant. Je ne pouvais distinguer son visage, mais je remarquaisa stature d'acier et son allure de mannequin. Un simple marcel lui couvrait le buste, tandis qu'en dessous, il portait un short. Ses cheveux étant coupés court, j'aperçus un tatouage dans sa nuque. Son prénom y était gravé. Je me rapprochaidavantagesans faire de bruit. Comme je posais déjà la main sur son épaule et qu'il était sur le point de se retourner, je fus tout de suite extirpée de mon songe.

Je meretrouvaiaussitôt dans ma chambre. Juste au moment où j'allais enfin découvrir son visage…

Je tenais toujours la fleur entre mes mains. À bien la regarder, elle n'avait rien de particulier. Je la posai donc et me saisis de l'enveloppe. Le mot qui l'accompagnait était un poème. Lequel se révéla magnifique.

56

*Je rêve d'une vie*
*Bien plus jolie*
*Pour toi et moi*
*Ce serait la joie*
*On gagnera la course*
*On a de la ressource*
*Rien ne nous empêchera*
*D'être la reine et le roi*
*On dînera à Acapulco*
*On se baignera à Hawaï*
*On fera les courses à Dubaï*
*Et on ira dormir à Monaco*
*Je sais que tu es la bonne*
*Je t'ai cherchée et je t'ai trouvée*
*Mais avant, j'ai bien sué*
*Aujourd'hui je veux que tu sois mienne*
*Tu es là seule qui en vaille la peine*
*Le monde nous appartient à toi et moi*
*Pour toi je suis prêt à porter la croix*
*Je t'aime de tout mon cœur ma reine*

Je demeurai un long moment pétrifiée sur place. Ces mots étaient si forts, si sincères, si intenses et même envoûtants. Ilsne pouvaient venir que d'une personne quim'aimait plus que tout au monde.

Mais,de qui s'agissait-il ? Qui les avait doncécrits ?

Je passai les heures suivantesàme poser la question sans pour autant trouver de réponse, ni le sommeil d'ailleurs.

Se croyait-il encore au XVIII^e ou XIX^e siècle pour venir déposer des roses sous la fenêtre d'une jeune fille ?

Force était d'admettre qu'en dépit de cette stratégie dépassée, sa poésie m'avait séduite. Quel génie ! Il avait su trouver les mots justes pour me remonter le moral.

Qui était-ce donc et pourquoi ne montrait-il pas son visage ?

Après avoir passé une bonne partie du reste de la nuit à réfléchir, je crus l'avoir enfin identifié. Matête avait trouvé la réponse, mais mon cœur, lui, n'en était pas convaincu.

Serait-ce réellement Norbert l'auteur de cette missive ?

Si c'était le cas, j'ignorais comment le prendre. Après tout ce temps passé ensemble, je le savais timide.Même s'il est vrai qu'il pouvait s'avérer doué dans l'art de la rhétorique quand il le voulait vraiment, cela m'étonnait. Puis, petit à petit, l'idée commença à faire son chemin dans mon esprit.

S'il ne s'agissait pas de lui, qui d'autre alors avait déposé cette enveloppe ?

Quoi qu'il en fût, si ce poèmeétait l'expression de son amour pour moi, alors je m'en trouvais ravie.

Dans la rue, pas une seule personne. En face, la maison des parents de Norbert se fondait dans l'obscurité totale, à l'exception de la façade timidement éclairée par un néon. Partout,l'obscurité s'avérait totale,excepté en mon cœur. Celui-ci brillait dedix mille feux, alimentés par les vers que je venais de lire. Je retournai me coucheren attendant que le marchand de sable vînt me rendre visite.

Ce matin, j'avais l'impression que tous les astres du ciel s'étaientligués contre moi.Je n'arrivais pas à me sortir de la tête la découverte de la nuitprécédente. Cette fleur, ce poème, tout cela me ramenait à Norbert. Bientôt, tous les bons moments que nous avions partagés depuis notre rencontre remontaient à la surface. Ce garçon étaitparticulièrement facile à vivre,aussi aimais-je passer du temps à ses côtés à l'écouter me raconter telle ou telle histoire. Il meparlait de son vécu, de son enfance passée dans la solitude. Il ne s'était jamais véritablement attaché à qui que ce fût. En dépit de la bonne situation financière de ses parents, sa vie n'était pas toujours réjouissante. Puis, il s'intéressait à moi, à ma vie àKara comme s'il avait désiré partir là-bas pour y vivre.

Au cours de nos discussions, j'avais pu déceler une certaine hésitation au ton de sa voix, comme s'il voulait chaque fois me dire quelque chose, mais que quelqu'un l'en empêchait invariablement. Alors, ilévoquait son enfance à Kpalimé, de ses rares amis avec lesquels il avait passé son temps dans les réceptions. Il avait l'impression que d'être né dans une famille aisée était en quelque sorte une malédiction. Bien que je ne me sois jamais plainte des châtiments corporels qui m'avaient été infligés dans mon ancienne école, à côté de son vécu, on eût pu dire que j'avais grandi au purgatoire.

Au petit matin, je dormais encore d'un profond sommeil et j'eus le plus grand mal à m'extirper de mon lit lorsque je me rendis compte de mon retard. N'ayant jamais oublié les punitions, véritables sévices,que je subissais dans mon précédent établissement, je n'avais pas envie que cela recommençât ici. Aussi, me précipitai-je hors de la maison après avoir pris la douche la plus courte de ma vie. Moi qui avais espéré cheminer avec Norbert, je me retrouvai à hâter le pas toute seule le long de la voie. Bien que l'air fût plutôt frais ce matin-là, j'avais particulièrement chaud en raison de ma course effrénée pour arriver avant la fermeture des portes. Dans mes pas précipités, je ne prêtai aucunement attention à la circulation autour de moi et j'échappai miraculeusement à deux accidents. Je pus voir les deux messieurs, s'éloignant sur leur engin,qui m'adressaient une insulte dans leur dialecte local qui signifiait« salope » ou quelque chose de ce genre. Avec le temps, je compris mieuxcette langue,même sije ne parvenais pas encore à tenir une conversation entière. Mais, à ce moment,j'ignorais totalement ce que cela voulait dire. Aussi, poursuivis-je ma route à une allure de guépard.

Lomé était la ville la plus peuplée du pays et toutes ses rues s'avéraient particulièrement animées à cette heure matinale où l'on se rendait au travail. Nul n'acceptait de céder le passage et ce n'était pas facile de rejoindre le trottoir d'en face.

Si seulement je m'étais réveillée à temps, les voies n'auraient pas été aussi remplies.

Arrivée sur une chaussée, je dus patienter environ deux minutes pour que la voie se libérât. Toutefois, plus j'attendais, plus j'avais l'impression que le nombre des voitures ne faisait que s'accroître devant moi. Il fallait donc traverser à tout prix. Il y eut à un moment une sorte de couloir dégagé.Je m'y précipitai et passai avant une voiture, mais je me trouvais à présent sur la route et les klaxons incessants m'embrouillaient l'esprit.Je tentai de traverser la voie le plus rapidement possible en me lançant juste après un véhicule, mais c'était compter sans la moto qui venait dele doubler. Je n'eus pas le temps de ressentir la moindre douleur. Je me retrouvaiau sol,inconsciente, au milieu du trafic.

Je ne sais combien de temps je demeurai inanimée mais, à mon réveil, j'étais alitée dans une pièce baignée de la lumière de l'astre du jour. Ma tête reposait sur un coussin douillet.

Que faisais-je là ?

Je l'ignorais.

J'essayais de sortir du lit lorsque je vis au-dessus de moi des poches de sérum. Des tubes entraient dans mon corpspour y déverser un produit. Tandis que je m'interrogeais, la porte s'ouvrit et un monsieur, haut comme trois pommes, en blouse blanche entra. S'il n'avait pas eu son stéthoscope autour du cou et ses documents dans la main, je ne l'aurais jamais pris pour le médecin qu'il était. Une infirmière le suivait.

— Je suis ravi de vous savoir hors de danger. Dites-moi, comment vous sentez-vous ? Avez-vous mal quelque part ?

— Je ne crois pas, je vais bien. Où est mon père ?

— Les vôtres patientent dans le couloir. Ils se sont fait un sang d'encre en apprenant ce qui vous était arrivé.

— Docteur, quand vais-je pouvoir rentrer chez moi ?

Il s'arrêta et mefixa droit dans les yeux. On eût dit qu'il reprenait son souffle pour m'annoncer la pire nouvelle de toute sa carrière. Je vis son front se plisser. Je craignais déjà le pire.

— On peut dire que vous avez eu unechance incroyable. Comme le chauffeur a freiné au dernier moment, le choc n'a pas étéaussi terrible que l'on aurait pu le croirede prime abord. Dans votre cas, il y a eu bien plus de peur que de mal. Vos blessures sont pour la plupart superficielles. Vous pourrez rentrer à la maison dès demain. En attendant, je vais vous laisser en compagnie de votre famille.

La porte n'eut pas le temps de se refermer derrière lui qu'elle fut aussitôt poussée et ma chambre, remplie. Autour de moi, Amélia, mon père et ma belle-mère exprimaient chacun leur joie de me savoir saine et sauve.

— Tu nous as fait peur. Est-ce que tu vas bien ?

— Oui, ça va. Comment avez-vous appris mon accident ?

— J'ai reçu un coup de fil d'un ami, ditKoffi,il travaille ici. Le docteur pense que tu as besoin de repos. Nous n'allons pas te déranger plus longtemps.

Avant de partir,ma petite sœur me transmit les vœux de rétablissement de Norbert.

Ilsrepartirent et je me retrouvaitoute seule. Le sommeil ne mit cependant pas longtemps à venir à moi. Quelques instants plus tard, je tombai dans les bras de Morphée.

Combien de tempsm'étais-je assoupie ? Quelques minutes ? Des heures ? Je n'aurais su le dire.

Quelque chose me tira de mon sommeil. J'avais l'impression que quelqu'un venait de quitter ma chambre. La porte qui se refermait confirma mon intuition. Je fus un moment tentée de me lever pour poursuivre le mystérieux visiteur, mais j'étais condamnée à rester allongée, il m'était impossible de sortir de mon lit. Sur le drap merecouvrant, j'aperçus une rose. Encore une. Mon admirateur secret s'était donc faufilé jusqu'à mon lit à mon insu. La fleur était en tous points identique à la première.Mais ce fut à la lettre que j'accordai mon attention. Celle-ci était assez courtc.

*Tu es malade et ça me rend malade. Je déteste quand la personne que j'aime ne se sent pas bien. Donc, pour toi comme pour moi, j'espère que tu seras remise sur pied très bientôt. Pour te motiver, je te dépose cette rose qui représente l'amour que je ressens pour toi. Guéris vite,car tu me manques beaucoup.*

Norbert ? En dehors des miens,lui seul avait appris mon accident. Commec'était touchant de sa part !Malgré la solitude, je n'eus pas le temps de m'ennuyer. Je passai tout le reste de la journée à dormir. Je savais que, dès le lendemain, je serais hors de cet hôpital. La perspective de rentrer à la maison bientôt me réjouissait.

Il était plus que temps que Norbert me dévoilât ses sentiments de vive voix.

## 6

*Main dans la main, marchant sous les doux rayons du soleil, lui et moi avons arpenté les rues de la ville en achetant ici une noix de coco, là un bouquet de fleurs et, plus loin, une boîte de chocolats. Gustave est exactement le type d'homme dont rêvent en secret toutes les femmes. En dépit de tous ces cauchemars que je fais sur une éventuelle relation entre victime et bourreau, Gustave et moi avons réussi à construire une histoire solide, une belle romance et ni sa femme, ni Magnim ne sont au courant de quoi que ce soit. Tandis que les autres étaient pris par leurvie professionnelle, il sait toujours me réserver quelques heures en semaine pour nos petites rencontres. Même s'il n'y a rien eu entre nous à l'époque où je travaillais pour lui, la nouvelle situationme-convient parfaitement pour nouer une relation sentimentale avec lui. Je n'enfreins en rien ma ligne de conduite. Il n'est que le voisin. Magnim ne lui a jamais pardonné de m'avoir renvoyée du bureau, mais il faut reconnaître que je ne me suis pas montrée tout à fait honnête avec lui sur les causes de la perte de mon travail. J'ai démissionné pour lui, parce que j'ai trouvé en lui l'amour, mais comment unhomme peut-il comprendre ce genre de sentiments ? Aujourd'hui, après tous les sacrifices que j'ai faits, j'ai l'impression qu'il n'est pas digne de mon amour. Notre enfantn'aurait pas été de ce monde, serait-il toujours avec moi ? Amélia, ma petite princesse, je ne laisserai jamais personne te faire le moindre mal.*

*En dehors de son charme irrésistible et sa personnalité, Gustave est aussi très drôle et a su égayer ma journée commejamais Magnim n'y est parvenuaprès toutes ces années de vie commune. Rien ne peut se mettre en travers de notre relation.*

*Il a été honnête avec moi et, bientôt, il chassera sa femme pour moi. Alors, je prendrai ma fille avec moi et j'irai m'installer avec lui. Il est temps que, moi aussi, je connaisse le bonheur.*


Rouge de colère, je refermai le cahier et le dissimulai à temps sous mon oreiller.Anaïs venait de faire irruption dans la pièce sans prévenir, comme à son habitude.

Il sonnait déjà 14 heures. J'avais demandé à l'école une permission de rester à la maison pour raison médicale, laquelle me fut accordée. Ayant gardé le lit toute la matinée, j'eus le plus grand plaisir d'échanger avec mon père. Il me parla alors de son travail à la Banque centrale.

— Est-ce vrai que vousfabriquez la monnaie que nous utilisons ? Vous devriez donc être tous très riches ?

Ma naïveté le fit rire. Son sourire devint contagieux et, petit à petit, mes lèvres s'étirèrent. Lorsqu'il retrouva son sérieux, il m'expliqua le processus complexe de fabrication des billets et des pièces, mais de façon simple.

— Concernant le CFA, cependant, il est uniquement produit en France. Un jour, si tu le désires, je pourrai t'emmener à l'usine. Tu visiteras mon lieu de travail. Tu verras,c'est aussi bien sécurisé que la Présidence elle-même.

De fil en aiguille,notre conversation s'orienta vers mon enfance à ses côtéset il formula son regretque cette belle vie n'eût pu se poursuivre.

— Tout ceci appartient désormais au passé, se reprit-il, Dieu seul sait pourquoi ça n'a pas marché entre ta mère et moi. Mais, aujourd'hui, nous avons l'incroyable chance de pouvoir nous rapprocher. Et cela me met du baume au cœur…Tiens, pendant que j'y pense, il faut absolument que je te fasse goûter ma cuisine. Sais-tu que je suis un excellent chef cuistot ?Tiens-toi prête, je reviens.

Une fois seule, les mots du journal merevinrent en tête.

*Alors, je prendrai ma fille avec moi et j'irai m'installer avec lui.Il est temps que, moi aussi, je connaisse le bonheur.*

Tandis que mon père fermait une porte sur son passé pour vivre avec Anaïs, ma belle-mère menait une vie dépravée. Quelle honte ! Elle n'était pas du tout digne de l'amour qu'il lui vouait.

N'avait-il jamais appris la trahison de celle qu'il aime apparemment de tout son cœur ?me demandai-je encore lorsque la porte d'entrée s'ouvrit.

Au timbre de leur voix, je reconnus immédiatement Amélia et Ornélia.

— Salut !lança mon amie, tout sourire, en rentrant dans ma chambre,dis-moi que tu reviens bientôt. Je m'ennuie sans toi.

— Bonsoir, Ornélia. Je me sens mieux. D'ailleurs, je vais te confier un secret. Je prends seulement un petit congé. En réalité, je n'ai pas réellement besoin de garder le lit, comme tout le monde le pense…

— Si tu savais comment tu me rassures !

— Merci, c'est gentil.Mais, au fait, comment as-tu su pour mon accident ?

— C'est ta sœur qui m'en a parlé. Je me suis fait beaucoup de souci pour toi, tu sais ? Heureusement,ce n'est pas si grave à te voir et à t'entendre.

Sur ces mots, la porte s'ouvrit de nouveau et mon père pénétra dans la chambre. Il tenait dans ses mains une assiette contenant des tranches de bananes plantainsfrites, tout juste sorties de l'huile. Le doux fumet qu'elles dégageaient emplit la chambre et me fit saliver. Vouloir résisterà cet appel aurait relevé de l'utopie.

— Ornélia, tu prendras bien quelques morceaux avec ton amie avant de partir, n'est-ce pas ? proposa Koffi, en lui présentant l'assiette.

Personne ne semblait l'avoirremarqué mais, de mon côté, j'avais noté que deuxforces contradictoires s'affrontaient avant qu'elle ne prît sa décision. Finalement, l'envie triompha.Elle ne tarda pasà mettre la main dans le plat. J'en pris à mon tour. Puis, pendant que nous dégustions la préparation de mon père, celui-ci retourna dans la cuisine, me laissant seule avec Ornélia.

J'en profitai alors pour aborder un sujet qui me tenait à cœur.

— J'aimerais te parler de quelque chose que je trouve assez étrange.

— Vas-y, je t'écoute. As-turencontré le prince charmant ? tenta-t-elle en riant.

Je me sentis soudain mise à nu. J'ignorais comment elle s'y était prise pour toucher du doigt la question que je m'apprêtais à lui poser. Aussi, sa plaisanterie me laissa sans voix quelques secondes.

— Sais-tuque, si tu étais née quelques siècles plus tôt aux États-Unis, tu aurais pu être brûlée sur le bûcher pour sorcellerie ? Mais, comment as-tu pu deviner le fond de ma pensée ? Tu n'es pas très loin du compte.

Je lui racontaialors la rencontre avec Norbert et ce que j'avais ressenti pour lui dès le premier regard. Puis, j'abordai l'histoire des fleurs et des petits mots adorables qui les accompagnaient. Pour finir, je lui fis part de la confidence de ma petite sœur à l'hôpital.

— Maintenant que tu abordes le sujet, c'est vrai qu'il n'avait pas bonne mine pendant les cours aujourd'hui. Oh, c'était donc de lui que tu ne voulais pas meparler l'autre jour… Ça alors !Je trouve que c'est un gars très sympa. Tu as beaucoup de chance. Si tu veux mon avis, il doit être un peu timide pour parler de ces choses-là. Prends-le à part un jour et dis-lui ce que tu éprouves pour lui. Il te dévoilera ses sentiments sans difficulté, je pense. Je le vois d'ici te déclamant ses poèmes au clair de lune ! s'amusa-t-elle.

Ornélia se leva du bord du lit où elle s'était assise et fit mine de jouer le rôle d'un garçon qui me chantait la sérénade pour me conquérir. Le résultat s'avéra si comique que je ne pus me retenir de rire. C'était bien dommage qu'elle ne fût pas un garçon. À bien y réfléchir, c'était peut-être mieux. Je préférais passer du bon temps avec mon amie qui jouait les folles.

Dans mon élan de joie, je n'entendis pas mon père revenir vers nousjusqu'au moment où sa voix me parvint.

— Qu'est-ce qui vous met dans cet état euphorique ?

— Désolé, papa, c'est rien… dis-je en riant de plus belle.

Koffi sourit.

— D'accord… Ornélia, visiblement, quelqu'un t'attend devant la maison.

— Oh, zut !j'ai failli l'oublier.C'est un ami…

Mon père se tourna vers ma sœur qui nous avait rejoints.

—Ah, je vois. C'est ainsi que les jeunes parlent aujourd'hui ?Un ami ? Amélia,valui dire de venir. Tu es de la famille. On aimerait bien le rencontrer et le connaître.

Tandis que mon amie paraissait gênée par la situation, je devinai alors l'identité de « l'invité »et cela me troubla plus encore qu'Ornélia, mais pour une autre raison, bien évidemment.

Comment les empêcher de faire entrer Léonce ?

Il ne pouvait pas me voir dans cet état. Mais ma petite sœur avait été si rapide que,quinze secondes plus tard, elle était de retour avec lui.

— Bonsoir, jeune homme. Venez, n'ayez aucune crainte. Je connais Ornélia depuis tant d'années, je la considère comme ma propre fille. J'ai entendu dire que vous sortiez ensemble.

— Euh…euh… on peut dire cela ainsi, mais…

— N'aie pas peur. Je ne te tuerai pas, du moins tant que tu ne lui briseras pas le cœuren mille morceaux. Voici mes filles. Celle-ci s'appelle Amélia et sa grande sœur, Pélagie. Peut-être que ton amie t'a déjà parlé d'Amélia, mais pas de Pélagie.

Tandis que mon père faisait les présentations, le regard de Léonce restait fixé sur moi.

Comment devait-il réagir dans une pareille situation ? Fallait-il avouer que l'on se connaissait déjà ou, au contraire,feindre la politesse et l'enthousiasme de rigueur.

Ce fut Ornélia qui vint à la rescousse.

— Père, ils se sont déjàrencontrés la semaine dernière. Àl'anniversaire de Léonce. J'avais proposé à Pélagie de m'y accompagner.

— En effet, nous avons eu l'occasion de faire connaissance il y a peu, indiqua Léonce.

— Ah, d'accord ! Pourquoi ne pas me l'avoir signalé tout de suite ?

Ornélia haussa les épaules, tandis que je restais muette.

Leur départ cinq minutes plus tard fut un véritable soulagement pour Léonce, comme pour moi.

À la nuit tombée, alors que je revivais le comique de la scène dans mes pensées, je passai une agréable soirée dans mon lit.

## 7

Mon retour sur les bancs de classe passa totalement inaperçu. Personne ne semblait avoir remarqué mon absence et encore moins mon retour.C'était comme si je n'avais jamais été absente.La vie continuait son cours et nul ne s'était soucié de moi.

En cherchant Norbert du regard, je ne le trouvai nulle part. Le plus surprenant était l'attitude d'Ornélia à mon égard. Elle étaitmoins bavarde.On avait à peine échangé deux mots. Bizarre ! Je ne savais pas ce qui pouvait bien l'avoir fait changer de comportement au point de devenir désagréable.Je me rassurai cependant en me disant que j'aurais sans doute l'occasion de lui demander ce qu'il y avait à la récréation.

Alors que nous attendions l'arrivée de l'enseignant, des murmures incessants emplissaient la salle de classe. Chacun parlait de son week-end, de ses loisirs,entre autres. Tout le monde avait l'air d'être plongé dans d'intenses conversations, quant, tout à coup, les chuchotements cessèrent brusquement et j'en fus surprise. Puis, l'enseignant entra dans la salle, suivi par un groupe d'élèves,dont Norbert,qui avait la tête baissée.On eût dit qu'il venait de passer un sale quart d'heure. Mais l'heure n'était pas à la discussion.Il alla rejoindre sa place sans lâcher le moindre mot. Je ne l'avais jamais vu dans cet état et ressentis de la pitié à son égard.

Qu'avait-il bien pu lui arriver ?

Impatiente, j'attendisque la sonnerie de la récréation retentît. Dès que je l'entendis, ce fut avec un grand soulagement que je rangeai mes affaires et filai dans la cour embaumée par les saveurs agréables des mets appétissants, disposés çà et là,que des femmes avaient préparés avec tout le zèle possible pour qu'ils soient particulièrement alléchants. Chacune voulait éblouir les autres. Chacune voulait faire le plus de profit.

Pour une raison que j'ignorais, Ornélia refusa de passer ce temps de pause avec moi, comme elle le faisait pourtant d'habitude. Je me retrouvai doncseule à la table pour le repas.Tandis qu'on me servait,je constatai, intriguée, l'absence de Léonce, qui était désormais scolarisé dans notre lycée. Généralement,il prenait son repas à quelques mètres de nousmais, aujourd'hui,il n'était pas là. De plus en plus bizarre !

J'optai pour un plat à base de riz. La vendeuse auprès de qui je fis mon achat m'avait été recommandéepar mon amie.En plus du repas,la dame proposait des jus, à boire sur place. Néanmoins, sans Ornélia, j'avais du mal à apprécier ce quart d'heure de liberté.

Soudain, des voix s'élevèrent derrière moi. Je me retournai etreconnus une amie d'Ornélia,

— Salut, Mawugno.

— Ah, Pélagie. Je te présente Chan. Son nom veut dire « belle et gracieuse ». Honnêtement, elle ne l'a pas volé. Peu importe où nous allons, si elle est avec nous, les garçons deviennent tous un peu idiots en sa présence. Tu peux toujours compter sur elle pour avoir des boissons gratuites où que tu ailles, si Mawugno est dans les parages. Mais, dis-moi, sais-tu où est passéeOrnélia ?

— J'allais te le demander, dis-je, étonnée.

Chan n'était pas bien grande.Brune aux yeux noirs, cette fille semblait n'avoir les yeux ouverts qu'à moitié, un peu comme si elle sortait tout juste d'un profond sommeil. Son teint jaune détonnait avec les peaux d'ébène locales si caractéristiquesau Togo.

Le sourire aux lèvres, elle vint me prendre dans ses bras aussitôt les présentations terminées.

— Moi aussi, je suis enchantée de faire ta connaissance. C'est la première fois que je rencontre une Japonaise.

— Je ne suis pas japonaise, me répondit-elle,je suis chinoise, originaire de la provincede Changchun. C'est un immense plaisir pour moi de vivre dans ce pays.

— Désolée, je mélange tout, m'excusai-je pour ma maladresse.

— Ce n'est pas grave. On m'a déjà prise pour une Coréenne.

— Tu parles si bien le français…Félicitations à toi !

— Merci. Je suis ici depuis six ans. J'ai eu le temps d'apprendre la langue.

Nos plats arrivant, nous nous assîmes. Assez rapidement, Mawugno m'interrogea à propos de mon amie.

— Ornélia n'est-elle pas venue en cours aujourd'hui ? J'ai pourtant cru l'apercevoir ce matin.

Je lui racontaialors sans hésiterque je l'avais trouvée étonnamment froide. Elle aussi se faisait également du souci pour notre amie commune.

— C'est possible qu'elle ait appris une mauvaise nouvelle hieret qu'elle ne veuille simplement pas nous enparler.

— Oh, quelle tristesse ! Elle aurait besoin de notre soutien dans ce cas.

Puis, de fil en aiguille, la discussion nous conduisit à évoquer les garçons. Mawugno et Chan parlèrententre elle-savant de me mettre dans la confidence.

— Il s'agit du copain de Chan, du moins, de son soupirant. Il lui fait les yeux doux depuis un bon moment. Cependant, il hésite encoreà lui déclarer ses sentiments. Il faut croire qu'il est très timide. Je pense l'avoir aperçu ce matin en cours, mais il n'avait pas l'air dans son assiette, comme on dit. L'aurais-tu envoyé chercher quelques étoiles pour toi-cette nuit ?s'amusa Mawugno en se tournant vers Chan.

Elle fit silence avant de reprendre :

— En parlant du loup, il est juste derrière nous, nous avertit-elle,que personne ne se retourne. On verra bien comment il va réagir.

Comme certaines pouvaient avoir une sacrée chance d'avoir un soupirant qui leur déclarât ses sentiments ouvertement ! Je repensai à Norbert. Lui non plus n'était pas arrivé à l'heure ce matin. Depuis la réception des fleurs, je n'avais pas eu l'occasion de l'en remercier. Je ne l'avais pas non plus rassuré sur ce que je ressentais à son égard.

Était-il en colère contre moi ? Que devait-il penser de moi maintenant ?

— Bonjour, les filles.

— Bonjour, mon cœur, minauda Chan en se retournant.

Je pivotai à mon tour et faillis perdre connaissance. Devant moi, se tenaient deux garçons. Je n'avais aucune souvenance du premier, toutefois son visage me disait vaguement quelque chose. Quant au second, je dus fournir bien des efforts pour ne pas trahir ma surprise.

Était-ce un mauvais rêve ? Un cauchemar des plus horribles ?

Je m'excusai, prétextai vouloir me rendre aux toilettes et me levai juste avant de flancher. Mes yeux s'étaient déjà humidifiés.

**8**

L'amour a ses raisons que la raison ignore, dit-on. Aussitôt les cours finis, je me précipitai hors de l'établissement. Il fallait que je rentre immédiatement à la maison. Je ne voulais surtout pas verser de larmes devant mes amies. Néanmoins, je ne pouvais pas non plus les retenir plus longtemps au fond de mon cœur. Elles devaient sortir. Elles demandaient à sortir.Et je sentais que le barrage n'allait pas tarder à rompre. J'avais le cœur meurtri, les yeux humides et les idées ailleurs. Autour de moi, plus rien n'avait de valeur à mes yeux.Mon monde s'était écroulé une nouvelle fois.Il ne subsistait plus qu'un champ de ruines, digne d'un film postapocalyptique. Tel était l'état dans lequel se trouvait mon cœur.

J'avais passé le restantdes cours de la journée, emmurée dans une tour de solitude. Je ne m'étais jamais sentie aussiseule, malgré la trentaine de personnes présentes dans la classe. Tels des robots au regard imperturbable, ils avaient paru concentrés sur le professeur et la leçon du jour. Aucun d'eux ne s'était douté du poids écrasant mon cœur. De l'extérieur, j'avais sûrement eu l'air aussi disciplinée, que mes camarades parfaitement dressés. Les quatre heures d'enseignement qui avaient suivi la récréation s'étaient égrenéessi lentement enmon cœur, que j'avais eu l'impression quenous avions eu une demi-journée de cours additionnelle.

En réalité, je m'étais retirée dans mon monde, et remémoré le seul garçon que j'aimais encore plus queNorbert. Si ce dernier croyait pouvoir jouer avec mes sentiments de la sorte, je m'étais dit qu'il faudrait donc que je lui montre à côté de qui il passait en lui faisant comprendre que d'autres aimeraient peut-être bien sortir avec une belle fille comme moi. Après tout, toutes mes copines se comportaient ainsi. Le meilleur moyen d'attirer l'attention d'un garçon consiste à l'ignorer tranquillement. Je m'étais ainsi remonté le moral en me répétant que, lorsqu'il me verrait m'afficher aux côtés de Léonce,il serait bien obligé de sortir de sa déprime et de venir s'excuser auprès de moi pour me demander d'être sa petite amie.Ce n'était pas parce que je ne savais pas lui faire tourner la tête que je n'y étais pas parvenue jusqu'ici. Puisque Norbert avait adopté cette attitude vis-à-vis de moi, je ne comptais pas le laisser m'ignoreraussi facilement.

Lorsque la fin des cours avait enfin sonné, je m'étais donc hâtée vers la sortie.

Alors que je rentraisseule à la maison,je ne tenais pas à affronter le regard inquiet d'Ornélia, enfin, si elle s'en était rendu compte. Surtout, il me fallait l'éviter. Je ne voulais pas courirle risque de lui dévoiler ce que je souhaitais faire. Je n'avais pas envie qu'elle apprît que j'avais la ferme intention d'ignorer Norbert, tout en essayant de reconquérir Léonce. Cela, elle ne me le pardonnerait jamais.

En dépit de ma volonté de fer, les sanglots commençaient à poindre sur le chemin du retour.Parfois, il faut savoir ravaler sa fierté pour laisser place à ses larmes, même un court instant. C'est ce que je fis.Je me précipitaisur mon lit aussitôt arrivée. J'avais le cœur en miettes, les yeux rouges et le moral à zéro.

Qui aurait pu parier que Norbert eût été ce genre de garçon ?

Ah, les hommes ! Tous les mêmes.

Moi qui le considérais comme le meilleur, il n'avait tout compte fait rien d'exceptionnel ni de plus que les garçons de son âge. Et cette Chan qui se faisait passer pour une fille bien et qui, en réalité, brûlait d'amour pour lui !

Pourquoi avait-elle jeté son dévolu sur le seul qui me plaisait et qui ressentait la même chose pour moi ?Pourquoi devais-je subir un tel affront ?Pour quelle raison me fallait-il subir tant de souffrances ?

La tête dans les coussins, je me laissai aller à ma peine sans aucune retenue et pleurai commeune véritable madeleine. Après avoir versé tant de larmes, je m'endormis.

Les pas précipités d'Amélia dans le couloir me tirèrentde mon sommeil. Personne ne pouvait me réconforter de ma désolation. Fort heureusement, ma sœur ne s'arrêta pas à ma porte. Elle alla directement dans sa chambre.

Depuis combien de temps m'étais-je assoupie ? Je regardai autour de moi, un peu perdue. Puis, de petits cris venant de dehors attirèrent mon attention. Un minusculeoiseau chantait en se regardant dans la fenêtre. Ses sonorités m'enchantaient.Aussi, je me levai et me rapprochaipour observer le volatile de plus près. Un rayon de bonheur pénétra tout mon être. Si seulement, comme cet oiseau, les gens pouvaient faire de ma vie un vrai conte de fées. Il apaisait mes nerfs et mon visage s'illumina peu à peu. Mais mon bonheur fut de courte durée. L'autre s'échappa à tire-d'aile en me voyant venir vers lui. Il avait eu peur et s'était élevé dans les airs vers les nuages. Puis, comme j'allais regagner mon lit, mon regard se posa sur un paquet, sur lequel se trouvait une fleur.

Était-ce là un autre présent de Norbert ? Pour qui se prenait-il à la fin ? Comment pouvait-il espérer obtenir mon pardon avec seulement un poème et une rose ?

Je jetai la fleur et l'enveloppe. Toutes deuxtombèrent sur le plancher. Je crus ainsi repousser tous mes sentiments mais, à ce moment, Ornélia poussa la porte sans avoir frappé.

— Depuis combien de temps es-tu amoureuse de Léonce ?

La veille, alors que le soleil se couchait et que nous soupions, Koffi nous avait proposé d'aller passer le week-end au bord de la plage. Nous acceptâmes tous avec plaisir. Il est vrai que chacun en avait besoin et cette sortie ne pouvait pas mieux tomber, surtout pour moi.

— J'ai une très bonne nouvelle pour vous, les enfants. Ayant été désigné l'employé du mois, la banque m'offre, ainsi qu'à ma famille,bien entendu, un week-end tous frais payés dans un hôtel en bord de mer. Alors, acceptez-vous de venir avec moi ?

Ma joie avait été si grande à l'annonce de cette nouvelle. J'avais dû mener un combat acharné contre moi-même pour ne pas sauter au plafond, comme le faisait déjà Amélia. Quelques jours loin d'ici, c'était exactement ce qu'il me fallait en ce moment. Je m'étais contentée de me lever pour aller faire un gros câlin à mon père. Mon bonheur avait été tel que nul n'aurait pu me fairedescendre de mon petit nuage. Pas même un énorme ouragan. Excepté Amélia.

— J'ai trouvé une enveloppe sous ta fenêtre cet après-midi. Je crois qu'il…

— Donne-la-moi. Merci beaucoup.

Sans attendre qu'elle l'eût tendue d'elle-même, je la lui avais arrachée des mains avec un tel empressement que nul n'en avaitsaisi la raison.Puis, pour ne pas avoir à répondre aux questions qui découleraient immanquablement de mon geste, j'avais dû changer de sujet.

— Dis, papa, pourrons-nous nager dans la mer ?

Ma tactique avait été une réelle réussiteque ma petite sœur avait tout à coup paru fort intéressée par l'idée. Cependant, le regard que ma belle-mèreavait posé sur moi m'avait fait comprendre qu'elle se doutait de quelque chose. Mais cela n'avait pas d'importance après tout…

— L'hôtel dans lequel nous logerons dispose d'une piscine, vous pourrez donc vous y baigner, mais hors de question de sortir pour nager dans la mer. Toutefois, si c'est seulement pour vous promener sur la plage…

J'aimais la plage, cettevaste étendue de sable fin sur laquelle on trouvait des cocotiers à perte de vue, et de jolis garçons pour se rincer les yeux.Quelle magnifique perspective d'un week-end sublime ! Le sable regorgeait de magnifiques coquillages qu'il me tardait de ramasser.

Le lendemain, nous débarquâmes tous à 8 heures tapantes à l'hôtel avec nos sacs à dos qui contenaient l'essentiel dont nous avions besoin pour les prochaines quarante-huit heures.

La voiture immobilisée, Koffi donna quelques pièces à l'employé pour qu'il la déplaçât jusqu'au parking. Pendant ce temps, il nous amena à la réception.

— Nous sommes désolés, mais nous n'avons pas de suite disponible. Le patron a pensé que deux chambres mitoyennes reliées par une porte pourraient vous intéresser.

Sur le visage de mon père, je pouvais lire que ce n'était pas exactement ce à quoi il s'était attendu.

— Bien sûr, s'était-ilhâté de répondre,ça nous convienttrès bien. Aucune inquiétude.

— C'est parfait, alors. Mais, avant cela, le maître d'hôtel aimerait vous rencontrer. Si vous voulez bien remettre vos sacs à un de nos employés, il se chargera de les porter à l'étage pour vous.

Plutôt que de nous diriger vers nos chambres, nous dûmes donc faire un détour vers la salle où l'on nous attendait. Les couloirs que nous traversâmes étaient parés de tapisseries orientales qui en disaient long sur le maître de céans. Ces couleurs splendidement décorées portaient au rêve quiconque entrait là. Sur les murs, d'authentiques tableaux de grands peintres étaient ornés de magnifiques cadres. À côté de cet hôtel, les concurrents n'étaient que des masures. C'était bien notre Maison Souquet locale.

Tandis que mon père discutait avec l'employé sans exprimer la moindre joie, derrière moi, Amélia et sa mère étaient tombées sous le charme des lieux. Bien qu'elles ne soient pas les seules victimes, je ne me laissai pas aller à afficher autant d'admiration devant cet édifice.

Le parquet du couloir emprunté était recouvert d'un tapis rouge étincelant qui donnait l'illusion de se trouver à la cérémonie des Oscars. Sur les murs, on pouvait apercevoir, tous les dix mètres, un écran de télévision allumé. Toutes les portes étaient munies d'un détecteur d'empreintesdigitales et, pour plus de sécurité, des camérassurveillaient le moindre mètre carré.

Ce qui m'intriguait le plus était le fait que nulle part on ne voyait des ampoules. J'avais bien envie de savoir comment les lieux seraient éclairés une fois le soleil couché.

L'hôtel Core-Blue avait une réputation qui s'étendait bien au-delà des frontières.Considéré comme l'un des meilleurs établissements hôteliers de la sous-région, il n'avait pas du tout volé sa clientèle haut de gamme qui lui assurait une no-tation à quatre étoiles. C'est bien ici que logeaient bon nombre de dignitaires internationaux en présence dans le pays. L'hôtel public, de même renommée, péchait quant à luipar la qualité moindre des services offerts aux clients. J'avais toujours pensé que rien ne pouvait justifier le prix aussi criminellement élevé demandé pour une nuit ici. Mais, face à la qualité du service fourni, je commençais à en être moins sûre.

L'établissementdisposait également de deux salles de sport. L'uneétaitéquipée des dernières technologies occiden-tales en ce qui concerne le matériel. L'autre proposait des activités plus relaxantes telles que le yoga. Divers terrains de sport étaient mis à la disposition des clients. Parcours de tennis, volley-ball, golf,basket-ball, football. Il y avait même deux piscines dont un grand bassin et un petit pour les enfants. Tous deux étaient chauffés. Le plus surprenant à leur sujet était la manière dont elles se fondaient parfaitement dans le paysage. Ces dernières avaient été recouvertes d'une plaque, sur laquelle on avait fait pousser du gazon artificiel.Une fois la nuit tombée, nul ne pouvait savoir où elles se situaient exactement. Au bord de la mer, il était proposé des exercices de zumba tandis que,plus loin, d'autress'adonnaient à de l'équitation.

Nous nous arrêtâmes bientôt devant une porte coulissante faite de verre, qui s'ouvrit d'elle-même pour nous livrer le passage.L'intérieur ressemblait étrangement à un extérieur. Était-ce d'ailleurs une pièce d'intérieur ? Il y avait raisonnablement de quoi en douter. Vaste, elle se terminait sur un balcon. Tout en haut, tombaient des fleurs et des plantes en cascade, accompagnées d'un écoulement d'eau régulier. Lequel permettait de garder la température des lieux toujours basse et renouvelait sans cesse l'air de la pièce. Ce spectacle me laissa sans voix. On eût dit qu'il n'y avait aucun plafond.

En levant les yeux, on pouvait apercevoir le ciel bleu dans lequel brillait un soleil peu lumineux. Des fleurs et des branches d'arbres très réalistes venaient compléter le trompe-l'œil. Cette fois, je ne pus, moi non plus, résister bien longtemps à la beauté des lieux. Cet endroit était tout simplement extraordinaire. Quels autres motsauraient pu la qualifier sinon ?

Dirigés vers la table la plus éloignée de la porte, nous nous retrouvâmes sur la terrasse. Seul un trio d'Asiatiques y était confortablement installé, bien à l'écart des clients. Dès qu'ils nous aperçurent,tous se levèrent pour nous saluer. L'un était petit, le visage lumineux, et portait au poignet droit une belle montre qui devait coûter l'équivalent de deux mois du salaire de mon père. La dame, grande, chaleureuse et élégante dans son costume traditionnel, avait un franc sourire qui inspirait tout de suite confiance. Entre eux, se tenait… Chan.

— Monsieur Boko,je suis enchanté de vous recevoir dans mon hôtel aujourd'hui. Je suis désolé pour les chambres séparées…Un petit souci d'organisation. J'espère que vous vous plairez dans vos chambres mitoyennes.

— Merci beaucoup, monsieur Li. Sachez que c'est un immense plaisir pour ma famille et moi de passer ce week-end dans votre prestigieux établissement. Permettez-moi avant tout de vous présenter les miens. Voici ma femme Anaïs et mes deux rayons de soleil, Amélia et Pélagie.

— Ravi de faire enfin ta connaissance, Pélagie. Ma fille m'a encore parlé de toi, pas plus tard qu'hier soir. Vous seriez devenues amies récemment,paraît-il.

— Oui, monsieur. Nous avons fait connaissance il y a peu. Je m'étonne même qu'elle vous ait déjà parlé de moi.

— Ah, comme c'est bien ! Je ne vous retiendrai pas plus longtemps. Allez regagner vos chambres et passez un bon séjour ici. Monsieur Boko, une minute en tête à tête, voulez-vous ? Merci.

La minute dura plutôt cinq mais, tandis qu'ils discutaient, Chan s'approcha de moi et après que je l'eus de nouveau présentée aux miens, nous nous retirâmes à l'écart pour discuter.

— Peux-tu me retrouver dans cinq minutes derrière le garage ? Nous allons nous promener à cheval ensemble, avec ta sœur.Pendant qu'on y est… j'ai eu une discussion avec Ornélia. Il va falloir que tu m'expliques quelque chose.

Que pouvais-je bien avoir à lui dire ?J'ignorais où elle voulait en venir mais, faire de l'équitation,ça, c'était une opportunité que je ne voulais surtout pas rater.

**10**

Trotter aux côtés de Channe fut pas une mince affaire. Je n'étais jamais montée sur le dos d'un équidé,ce qui n'était visiblement pas le cas de mon amie, qui avait l'air tout à fait à l'aise sur le cheval fort qu'elle avait enfourché avec aisance.Il fallait dire qu'elle montait des chevauxdepuis l'enfance.Chan me laissa une jeune jument.

— C'est la plus calme.Tu ne risques rien avec elle.

Quant à Amélia, elle n'avait eu droit qu'à un poney en dépit de ses vivesprotestations.

— Tu es encore trop petite pour monter sur les grands, la consola mon amie.

Trop tard ! J'aurais dû la prévenir que ma petite sœur n'aimait pas être traitée comme une gamine.Préférant rester à l'arrière, Amélia nous laissa Chan et moi discuter en tête à tête sur nos montures qui marchaient au pas.

— Hier, comme je te l'ai dit, j'ai eu une discussion avec Ornélia. Ce qu'elle m'a révélé m'a laissé sans voix. Il fallait donc que j'aborde le sujet avec toi pour obtenir confirmation de ce qu'elle m'a appris. Est-ce vrai que tu as des sentiments pour son copain et que tu veux le lui arracher ? demanda-t-elle sans y aller par quatre chemins.

Sa question faillit me faire tomber de ma selle. Heureusement que j'avais les pieds dans les étriers et la corde solidement serrée entre les mains. Ornélia pensait donc, à juste titre, que j'étais amoureuse de Léonce et que je voulais le lui voler.

Comment avait-elle pu se douter de ce que je ressentais pour lui ?

J'en restai sans voix, incapable de placer le moindre mot.

Fallait-il lui avouer que Léonce était mon ex ?

Je demeurais persuadée que mon ancien copain ne lui avait rien expliqué de notre passé. Peut-être était-il allé jusqu'à nier me connaître jusqu'à sa fête d'anniversaire, et peut-être même après !

Que dire dans une telle situation ?

J'ouvris la bouche après maintes hésitations.

— Chan…

Je m'étais enfin décidée, mais elle me coupa la parole.

— …Laisse tomber, ce n'est ni le moment ni le lieu de parler de cela. Profitons plutôt de ce week-end. Mais, lundi, tu régleras cette histoire avec elle. J'espère que, durant ce week-end, tu y réfléchiras et que tu te rendras compte de ce qui est la meilleure solution. Ornélia est mon amie depuis longtemps et c'est par son intermédiaire que je t'ai connue. N'aurais-tu pas envie, toi aussi, que nous formions une belle équipe unie dans une amitié sincère ?

Après la balade équestre, nous revînmes aux écuries, puis nous allâmes nous installer dans la salle de cinéma pour visionner le dernier *Fast and Furious*. Après avoir bien ri, du pop-corn plein la bouche, devant les aventures de Dom et sa bande, avec ces scènes qui relevaient bien plus de la science-fiction qu'autre chose, nous nous dirigeâmes vers la douche avant de prendre la direction de la plage pour y retrouver les parents.Ma sœur et moi nous séparâmes alors de Chan qui nous laissa devant l'hôtel.

Nous venions de passer la matinée à galoper et à regarder un film sur écran géant.Nous retrouvâmes le soleil qui tapait de toute sa fougue sur nos pauvres corps. La chaleur était comparable à celle d'un sauna. Toutefois, plus nous nous rapprochions de l'étendue bleue, moins nous avions chaud. Les pieds s'enfonçant dans le sable, nous dépassâmes une rangée de cocotiers aux limites infinies. La mer et ses vagues successives combinéesavec le souffle du vent nous obligeaient à retenir nos chapeaux sur nos têtes au risque de les voir s'envoler. Je pouvais entendre le roulement des vagues qui venaient s'abattre sur la grève dans un bruit plus sourd que ce que je l'avais imaginé.

J'arrêtai de marcher un instant, pour fermer les yeux. Sans ma vue, tous mes autres sens se réveillaient et se révélaient plus puissants. Je sentais la fraîcheur à travers mes narines, le piaillement des oiseaux que je n'avais pas remarqué jusqu'alors. Je pouvais même percevoir le déferlement des vaguessur une centaine de mètres avant qu'elles ne viennent se délasser sur la plage.

Le jardin d'Éden n'était-il donc pas ainsi ?

En ouvrant les yeux, j'aperçus des bateaux qui semblaient avoir jeté l'ancre sur l'horizon. Ils étaient très lointains, mais donnaientpourtant l'impression d'être immenses.J'avais du mal à me rendre compte de ma chance. À seulement vingt mètres devant moi, se trouvait l'océan Atlantique. Plus je m'en rapprochais, plus j'étais attirée vers lui, par une force irrésistible.

On pouvait voir quelques enfants s'amuser dans l'eau. Alors,que risquais-je à y aller ?

J'étais sur le point de les imiter lorsque, soudain, nos parents apparurent, à deux mètres de nous.

— Vous êtes-vous bien amusées dans la salle de cinéma ?demanda notre père.

— Le film était super, dit Amélia sans hésiter,quelle est belle, la mer !

— Approchez, on va prendre une photo de nous quatre.

C'est à ce moment-là que se produisit l'inexplicable. Tandis que mon père cherchait la fonction appareil photo sur son portable, je me dirigeai vers la mer, comme attirée par ses remous. Il m'était impossible de résister à son appelplus longtemps. Il fallait que j'y aille. Les pieds dans l'eau, je me sentais tout autre. Le monde autour de moi avait cessé d'exister. Il n'y avait que l'océan qui comptait. À chaque pas, l'eau se jetait sur mes pieds. Dieu que j'aimais ça !Puis, la mer se retirait pour revenir avec davantage de fougue. J'avançai, les yeux fermés, comme hypnotisée. Plus rien ne comptait hormis la douce sensation de me retrouver dans un milieu paisible et familier. Alors que j'avais les paupières closes, mes pieds heurtèrent un obstacle, je trébuchai et perdis connaissance et un rouleau m'engloutit.

**11**

J'ignorais comment je m'étais de nouveauretrouvée dans ce magnifique jardin, à l'endroit exact où je l'avais vu, sur une colline, de dos, la dernière fois. Lorsqu'il se retourna et que je découvris enfin son visage, je crus tomber à la renverse.

Là, devant moi, se tenait Léonce.

Son sourire était toujours aussi charmant. Il n'avait pas changé du tout depuis toutes ces années que je le connaissais.

Je m'approchai de lui sans savoir réellement que faire.

Savait-il que je ne l'avais jamais oublié ?Pouvait-il deviner que je m'étais disputée avec ma meilleure amie à Lomé ?

— Léonce ?

— Oui, Pélagie… Ne trouves-tu pas ce coucher de soleil magnifique ?

— Mais…

Il ne me laissa pas aller au bout de ma phrase. Posant un doigt sur ma bouche, il m'invita au silence.

— Ne gâche pas cet instant. Observe la beauté des lieux.

Il avait raison. Faute de former un couple dans la vraie vie, Léonce, dans mon songe, me regardait comme je le désirais. Seul cet instant suspendu comptait pour nous.

98

Je me tus et, l'espace d'un instant,plus un bruit ne se fit entendre.Puis, soudain, je nous aperçus dans un souvenir.

C'était au moment fort de notre relation. Par une douce soirée, nous étions allongés sous un arbre et admirions le coucher de soleil, lorsqu'il m'avait fait une promesse.

— Tu seras mienne, et la femme de personne d'autre.

J'avais eu un peu de mal à le croire, mais lorsque Léonce avait sorti son canif pour graverdeux cœurs entrelacés sur le tronc du baobab, ainsi que nos initiales des deux côtés du dessin, j'avais compris qu'il le pensait vraiment.

— Cet arbre est le témoin de mon amour envers toi. Je te promets devant lui de t'aimer jusqu'à ce que la mort nous sépare.

À ce souvenir, je me rapprochai de lui. Sans échanger un seul mot, il avait saisi ce que j'attendais de lui. Les yeux fermés, mes lèvres allèrent s'emprisonner entre les siennes. Entre deux baisers, je parviens à placer un « je t'aime ».

Après avoir ouvert les yeux, j'eus du mal à me retrouver.

Que faisais-je là ?

Au-dessus de moi, se tenait… Norbert, torse nu. Il était stupéfait et tous ceux derrière lui l'étaient tout aussi.

Les souvenirs me revenant, je découvrisque c'est lui qui m'avait sauvée de la noyade et avait fait repartir mon cœur grâce à son bouche-à-bouche. Je perdis l'usage de la parole en le voyant penché sur moi à mon réveil. Ainsi dévêtu, il était encore plus bel homme que ce queje l'avais pensé. Ses muscles étaient sibien dessinés que de résister à leur appel aurait été un péché. Un sublime sourireavait empli son visage. Ce n'était pas seulement le camarade de classe ou encore le fils du voisin, mais mon héros du jour.

— Norbert ? marmonnai-je.

— Oui… c'est bien moi, Pélagie, puis, se retournant vers les miens, ajouta-t-il, elle va bien.

Aussitôt, mes parents s'approchèrent et, après un regard quelque peu hésitant vers le garçon qui m'avait évitéune mort certaine, ils vinrent immédiatement prendre de mes nouvelles. Je secouai la tête de bas en haut pour les rassurer. J'allais très bien. Je dus le répéter à plusieurs reprises pour qu'ils arrêtent de me le demander.

— Tu aurais pu mourir. Qu'est-ce qui t'a pris de faire un geste aussi inconsidéré, si effronté ?s'écria mon père en colère.

Tandis qu'Anaïs tentait de faire comprendre à Koffi que le plus important était que je m'en étais sortie, Amélia avait l'air ailleurs, perdue dans la contemplation de la nature.De mon côté,j'avais le cœur qui saignait. Alors que j'avais décidé de reprendre mon ancien amour, Norbert me faisait un baiser sur la bouche, devant tout le monde, sans aucune honte. À présent, mon cœur balançait entre les deux garçons.

Qui de mon ancien petit ami, que je n'avais jamais oublié, ou de mon voisin si sexy méritait le plus un amour éternel et sans faille ? Le choix n'était vraiment pas facile.

Et, tandis que j'étais persuadée que mes parents allaient inviter Norbert à se joindre à notre table, ils le laissèrent partir avec seulement un mot de remerciement. J'avais l'impression de rêver.

Jusqu'à quand durerait cette mésentente ?

Alors qu'il partait, je me précipitai à sa suite.

— Norbert, attends-moi, s'il te plaît.

En dépit de tout ce que Koffi et Anaïspouvaient penser, je n'allais pas rater cette belle occasion de lui parler. Je courus vers lui et l'arrêtai.

— Je suis désolée du comportement des miens.

— Ce n'est pas grave.

— Je tenais à te remercier.

— Ce n'est rien du tout.

— En fait… ça me fait vraiment chaud au cœur de savoir que c'est toi qui m'as sauvée des griffes de la Faucheuse. Tu mérites sincèrement une récompense.

— C'est gentil, mais…

— Ne dis rien. Je sais que tu es du genre timide, mais il faut que je te dise que tu ne me laisses pasindifférente. Si tu le veux bien, on pourrait être plus intimes…

Je vis un rayon d'espoir traverser son regard. Pendant un moment, j'eus l'impression qu'il allait m'embrasser, là, sur la plage. Quel moment féerique cela aurait pu être ! Cependant, la réponse que je reçus me cloua le bec.

— Je suis désolé. Je ne partage pas les mêmes sentiments vis-à-vis de toi.

Quoi ? Était-ce une blague ? Que me faisait-il là ?

— Pardon ?

— Je suis vraiment navré, mais mon cœur ne t'appartient pas.

Je crus halluciner. Était-ce la réalité ou encore un songe ?

— J'ai reçu tes roses.

— Je ne t'ai jamais envoyé de fleurs.

**12**

Peu avant 19 heures, nous nous dirigeâmes non pas au restaurant cette fois, mais plutôt dans un magnifique jardin situé à quelques mètres des cuisines. Le vent fraisétait telle une caresse et le spectacle des étoiles dans le ciel ne faisait qu'embellir la soirée. Au milieu du jardin, des lampes avaient été déposées harmonieusement et, non loin de là, le bruit d'un écoulement régulier venait apporter plus de charme encore à l'espace verdoyant.

À notre arrivée, les lieux paraissaient vides, à l'exception de la présence des propriétaires. Monsieur Li, nous ayant invités à partager leur dîner, nous attendait. Tous les miens semblaient afficherune excellente humeur dans la perspective de découvrir la célèbre gastronomie nippone. Pour ma part,mes pensées étaient fixées sur autre chose que le repas.

Après mon accident, mon pèreet ma belle-mère étaient montés sur leurs grands chevaux pour me réprimander, ce qui avait eu le don de gâcher le restant de la journée. Après avoir été vivement réprimandée par Koffi et Anaïs, j'avais passé la journée au lit, de mauvaise humeur. J'avais néanmoins fait un effort afin que tout se passât le mieux possible. J'avais sorti de mon sac, pour l'occasion, une magnifique robe vert émeraude qui m'allait comme à une princesse. Au moins, fallait-il que cette journée, qui ne s'était pas très bien déroulée, se terminât mieux qu'elle n'avait commencé.

Nous ne tardâmes pas à nous retrouver face aux propriétaires de l'hôtel. Ils nous avaient précédés et se levèrent pour nous accueillir. Pour le dîner, Chan s'était vêtue différemment de ce qu'elle portait d'habitude. Elle avait ainsi troqué sa tenue scolaire contre un vêtement traditionnel, digne d'une authentique Japonaise. Il s'agissait d'un *yukata*. Ses pieds étaient chaussés de *geta* qui la grandissaient de quelques centimètres. Mon amie atteignait ainsi la taille de sa mère. Les tenues de ses parents étaient quasiment identiques à la sienne et ne s'en distinguaient que par des différences mineures – du moins, à mon sens. Dans nos tissus occidentaux, nous nous sentions quelque peu étrangers dans ce parfait décor nippon. Heureusement qu'il n'y avait pas de code vestimentaire et qu'il ne serait pas sujet à discussion lors de cette rencontre.

Aussi, prîmes-nous place face à eux. Avant de prononcer un mot, je m'émerveillai devant la table sur laquelle une dizaine de mets avaient été élégamment disposés. On aurait dit qu'il avait été préparé de la nourriture pour tout un régiment. Je n'arrivais pas à croire que les Japonais mangeaient autant.

N'était-il pas plus simple de faire un seul plat ? À la rigueur, trois auraient suffi. Une entrée, le plat de résistance et le dessert. Drôle de coutume culinaire chez les Asiatiques ! Avant qu'ils n'ôtent les couvercles, j'espérais qu'ils ne nous présenteraient pas des aliments immangeables à nos yeux. La réputation des Asiatiques à cuisiner à peu prèstout, des insectes aux animaux domestiques jusqu'auxbêtes sauvages imposantes,ne me mettait pas très à l'aise.

Qu'allaient-ils nous faire avaler ?

— Je suis ravi de vous savoir aujourd'hui à notre table. Vous devez avoir faim et l'heure n'est pas vraiment aux discours. Permettez-moi donc de vous inviter à la découverte de notre gastronomie.

— *Itadakimasu*, dit mon père, les mains jointes, la tête inclinée, le sourire aux lèvres.

Monsieur Lile regarda, ravi.

— Ça, alors !j'ignorais que vous connaissiez nos coutumes.

— J'ai appris cela il y a quelques années avec un ami de l'Est.

— Quelle chance alors ! Servez-vous donc.

Sous nos yeux, d'étranges mets s'alignaient dans différentes assiettes.

Que manger ? Qu'était-ce que tout cela d'ailleurs ?

Ce fut la mère de Chan qui nous nomma tous les plats. Nikuman, soba, yataï, sashimi, misoshiru ornaient la table et l'encombraient surtout, tout en nous offrant un ensemble arc-en-ciel aux couleurs plutôt originales. Les odeurs, se mêlant les unes aux autres, créaient de nouveaux parfums envoûtants.

Mais, par quoi commencer ?

Évidemment, il fallait laisser l'honneur aux Orientaux de nous guider.

Je n'avais jamais été aussi fière de mon père que ce jour-là.À l'aide des baguettes posées devant lui, il nous servit comme un vrai chef oriental. Visiblement, il s'y connaissait bien et nos hôtes paraissaient tout autant apprécierle spectacle. On eût dit qu'il avait fait cela toute sa vie.Il composa avec délicatesse une belle assiette pour ma marâtre. Puis, après qu'il eut servi ma petite sœur, ce fut mon tour. Mes narines découvraient des senteurs exotiquesqui ne me laissaient point de marbre. Tout mon être demeurait captivé par le geste précis et ces petites portionsqui étaient déposées dans mon assiette. Les sens en éveil, j'en prenais plein les yeux et me léchailes lèvres discrètement. Et ce fut à ce moment précis qu'un cri d'épouvante ébranla toute la table.

On eût dit que madame Li, en panique, venait d'apercevoir le diable. Je levai la tête. Son teint avait viré à un blanc livide de terreur en l'espace de quelques secondes. Elle tremblait et tous les regards autour de la table étaient tournés vers elle.Elle semblait regarder derrière nous. Je me retournai, mais ne remarquai rien de spécial. Puis, soudain, je vis Koffi retirer quelque chose de l'assiette d'Amélia avant de se confondre en excuses.

— Je suis sincèrement désolé. Elle ignore absolument tout des pratiques convenables à table et davantage encore des coutumes orientales. N'y voyez pas un mauvais présage, c'est seulement l'inconscience d'une petite fille. Je vous en serais éternellement reconnaissant, si vous ne lui en teniez pas rigueur.

Je distinguai la colère dans le cœur de ma petite sœur. Elle était révoltée. Tout comme moi, elle n'avait rien compris des reproches qui lui étaient faits.

Ce ne fut que bien plus tard que mon père nous expliqua la signification macabre du geste d'Amélia. Les Japonais-plantentles baguettes dans la nourritureuniquement lors des cérémonies funéraires. Heureusement qu'on pouvait mettre l'indélicatesse de ma petite sœur sur le compte de son manque de connaissances. Ce n'était donc pas l'annonce d'un sombre présage.

Après cet épisode, Chan et sa mère se rembrunirent. Elles paraissaientpasser une mauvaise soirée en notre compagnie. Elles parlaient peu et semblaient préférer se concentrer sur le contenu de leur assiette.Ce n'était pas exactement le genre de soirée à laquelle je m'étais attendu.Monsieur Li était bien le seul à nous offrir encore un visage souriant et à entretenir la conversation. De fil à aiguille, il en vint même à parler de moi.

— J'ai appris l'accident de votre fille Pélagieà la plage ce matin.

— Dieu soit loué, il y a plus de peur que de mal. Un garçon l'a sauvée de la noyade.

— Je l'ai su également. Il paraîtraitque c'est son petit ami. Ah, les jeunes de nos jours…De notre temps…

Mais déjà plus personne ne l'écoutait. Mon père et Anaïs me fixaient d'un regard dur qui en disait long sur leurs pensées. Je savais bien que cette histoireleur déplaisait. Plus tard, ils ne cesseraient de me crier dessus, de nouveau, se montrant particulièrement durs envers moi. Mais, sur le moment, j'avais surtout eul'impression de les avoir profondément chagrinés. Alors que, lors de la soirée, ils n'avaient rien laissé entrapercevoir de leur état d'esprit pour faire bonne figure.En réalité, ils bouillonnaient de l'intérieur. Pendant ce temps, monsieur Li continuait son monologue, imperturbable.

— …Quel brave garçon !C'est grâce à son courage que votre fille est toujours de ce monde. Ce genre de jeune homme mérite une reconnaissance. Oh, si seulement mon fils avait grandi…

Il n'alla pas au bout de sa phrase.

Que voulait-il dire par là ? Chan avait-elle eu un frère ?

Elle ne m'en avait jamais parlé.

Je le vis se saisir de lamain de sa femme, puis il se tut. Mon amie, quant à elle, avait baissé la tête comme si elle venait de revoir le défunt.

Mais, très bientôt,nous abordâmes des sujetsqui n'ennuieraient personne.

— S'il fallait que je goûte à tout ceque vous avez préparé, je ne pourrais plus apprécier la cuisine de ma chaleureuse épouse, tenta Koffi pour que les sourires reviennent sur les visages.

Le père de Chan revint dans la discussion.

— Le climat des affaires est tout aussi attractif dans cette région, ne trouvez-vous pas, monsieur Boko ?

Sans l'intervention de sa femme, l'homme d'affaires et Koffi auraient pu passer la soirée entière à mettre sur la table leur sujet favori, le travail. Bien malgré eux, la conversation dévia et les échanges devinrentdécousus. Nous évoquâmes des fêtes culturelles, du climat et de mille et un autres sujets. Anaïs réussit à s'entretenir avec la mère de Chan. Elles parlèrent de la gastronomie, et échangèrent des recettes. Pendant ce temps, Amélia, Chan et moi nous sentions quelque peu abandonnées. Cela se confirma quand les adultes se servirent du nihonshu sans aucune pensée pour nous.

À la fin de la soirée, lorsque vint le moment de prendre congé de nos hôtes, il était près de20 heures.

— *Gochisosama deshita*, lança mon père qui ne cessait de m'étonner.

J'ignorais ce que signifiaientces mots mais, au vu du large sourire venant éclairer les visages de la famille Li, je compris que cela devait encore être une de leurs coutumes nippones. Ce fut donc sur cette touche exotiqueque, radieuse, quoique éreintée, je retrouvai mon lit à l'hôtel. La fatigue ne tardapas à m'expédier dans les bras de Morphée.

**13**

*Deux semaines se sont écoulées depuis que nous avons fait l'amourpour la dernière fois, avec tant de passion, et il m'a traitée comme une déesse du désir charnel. Nous avons pris tout notre temps pour explorer le moindre centimètre carré de nos corps respectifs. Après tout ce temps, je peux toujours ressentir la trace de ses doigts qui ont circulé le long de ma chair. Nous sommes deux adultes en manque de plaisir qui nous satisfaisons mutuellement. Plus rien d'autre ne comptait à ce moment-là. Il n'y avait que lui et moi.Le moment a été magique, toutefois j'étaisloin de medouter que celui-ci aurait une telle conséquence.*

*Depuis mon réveil ce matin, je sens mon corps m'infliger des douleurseffroyables.Tout a commencé hier, dans la nuit, alors que mon mari et moi étions allongés dans notre lit conjugal en tenues d'Adam et Ève. Nous n'en étions qu'aux préliminaires lorsqu'il m'a presséle bout de mes seins. D'ordinaire, j'adore çamais, la nuit dernière, j'ai ressenti une douleur terrible qui s'est répandue dans tout mon être. Lorsque je lui ai demandé de s'arrêter, il a estimé que je ne voulais pas honorer mes engagements conjugaux. C'est ainsi que nous nous sommes endormis de très mauvaise humeur, énervés l'un envers l'autre. Si son sommeil a été de tout re-*

pos, le mien ne l'apas été. Je n'ai cessé de m'inquiéter de ce mal étrange installé en mon sein. C'est la première fois que je ressens une telle douleur à cet endroit de mon anatomie et je ne sais pas quelle peut en être la cause. Dans mon for intérieur, j'ai prié pour que ce ne soit pas un cancer du sein.

Ce matin,donc, en sortant de mon lit, d'autres étranges symptômes sont apparus. Alors même que ce n'est pas la période habituelle, j'ai eu la surprise de découvrir que des taches de sang étaient apparues sur mes dessous. C'est à ce moment qu'une conversation que j'avais eue avec ma mère m'est revenue en mémoire. Je n'étais encore qu'une petite fille alors.

Aujourd'hui, je ne me sens pas prête. Ce n'est pas le moment pour moi. Je ne peux pas être mère.À l'annonce de cette nouvelle, toutes les femmes sautent généralement de joie, mais, moi, je demeure plutôt pensive, effrayée même.

Qui est le père de mon enfant ? Cette grossesse est-elle une bénédiction pour mon couple ou faut-il plutôt l'interpréter comme le signe visible de mon infidélité ?

Je reste indécise.

Comment puis-je cacher une chose aussi importante à Magnimle temps que mes doutes se dissipent ? Comment, d'ailleurs, déterminer l'auteur de ma grossesse ? Et si c'était Magnim ?

Autant de questions qui se bousculent dans mes pensées.

Je refermai le cahier en entendant le professeur entrerdans la salle. Mon retour sur les bancs du lycée n'était pas passé inaperçu cette fois. Après un week-end que j'aurais qualifié d'extraordinaire, ce fut le cœur meurtri que je remis les pieds en classe. En effet, en quelques heures à peine, l'incident de la plage avait déjà fait le tour de l'établissement et toutes les têtes se retournaient sur mon passage. Le seul point positif étaitqu'Ornélia m'adressaitde nouveau la parole.

— On m'a dit pour l'incident. Je crois qu'ils devraient tous se mêler de ce qui les regarde.

Je restai surprise de retrouver la gentillesse de mon amie.

— Je te croyais énervée contre moi, osai-je.

— Visiblement, je me suis trompée sur ton compte. Tu es ma meilleure amie et tu ne me ferais jamais le moindre mal. Dis donc, en parlant de Norbert, ton sauveur, c'est un joli garçon. On devrait…

Elle fut interrompue par l'arrivée de l'enseignant qui nous demandait de présenter nos exercices de maison.

Aux heures de pause, la cour de récréation s'avéra être un enfer. Je sentais tous les regards braqués sur moi.Retrouvermes copines était un soulagement.J'avais ainsi le cœur plus léger. Contrairement aux autres, elles n'étaient pas là pour enfoncer le couteau dans la plaie, du moins, je l'espérais ardemment. La conversation qui revenait surtoutes les bouches n'était autre que ma déclaration d'amour ratée à Norbert. Tout le monde en parlait,sans gêne, aussi bien devant moi que dans mon dos. De mon côté, je ne savais comment les faire taire.

— C'est vrai que Norbert t'a repoussée devant tout le monde et que tu t'es mise à genoux pour pleurer ?me demanda une élève que je n'avais jamais croisée jusqu'à ce jour.

J'avais envie de lui coller mon poing dans la figure. Heureusement que Mawugno était là pour m'empêcher d'aller trop loin.

— Cette langue de vipère n'en vaut pas la peine. Chacun sait que Catherine est une colporteusede ragots. Ne fais pas attention à elle.

Si seulement elle ne m'avait pas retenue…

Ces mots revenaient dans mon esprit comme un écho.

Nous prîmes nos commandes pour le déjeuner et partîmes nous asseoir sous un manguier,à l'écart de toute cette agitation.

— C'est triste ce qui t'arrive, me dit Chan,il y en a même qui vont plus loin en soutenant que tu avais un regardplein de tendressepour lui. Comment…

C'est vrai que je ressentais quelque chose pour Norbert,mais ça ne me plaisait pas que les gens l'aient compris, alors qu'ils n'avaient pas même assisté à la scène.

J'allais nier les faits lorsque je me rendis compte du silence de mes amies, qui mefixaient toutes.

Avais-je laissé échapper quelque chose ?

— Tu as réellement des sentiments pour lui ?

Mince ! comment leur cacher la vérité plus longtemps ?

Je passaifinalement aux aveux,et mentionnai les fleurs et toutes les raisons pour lesquelles je pensais que c'était lui l'auteur de ces présents mystérieux.

— Le truc, c'est que, si ce n'est pas lui, alors je ne vois vraiment pas qui cela pourrait être, ajoutai-je.

— Tu aurais pu nous en parler depuis le début, répondit Chan, mais,ne t'inquiète pas, nous allons t'aider à identifier ton amoureux secret.

Sur ces entrefaites, nous fûmes interrompus par l'arrivée de Norbert.

— Bonjour, les filles. Je voudrais parler à Pélagie seul à seul, s'il vous plaît.

Mes amies s'éclipsèrent. Une fois en tête à tête, je lui laissai le temps de formuler ce qu'il avait à me dire mais, visiblement, lui non plus ne savait pas comment aborder le sujet.

— Je suis désolée de ce que les gens racontent sur nous, l'aidai-je.

— Pélagie, tu es l'une des personnes que j'apprécie le plus dans ce lycéeet, si ça avait été possible, crois-moi que j'aurais accepté de sortir avec toi.

Pourquoi avait-il ajouté « siça avait possible » ?

J'hésitai à lui poser la question, mais j'avais dans l'idée qu'il ne voudrait pas m'en parler.

— Je comprends… l'encourageai-je.

— C'est ça, le truc justement,personne ne comprend ce qu'il en est vraiment. Comment pourraient-ils comprendre ce qu'ils ne savent pas ? Pélagie… je dois t'avouer quelque chose, je suis… gay.

Lorsque j'entendis ce mot, je crus d'abord à une mauvaise blague. J'étais à deux doigts de m'esclaffer,mais, ensuite, je repensai aussitôt au sérieux avec lequel il m'avait annoncé la nouvelle.

— Je sors avec Patrick. Nous ne voulons pas que l'information se propage, alors si tu pouvais ne pas en parler à tes amies…

— D'accord… Tu peux compter sur moi.

Mais,comment une personne normalement constituée et dotée d'entendement pouvait-elle tomber dans l'enfer de l'homosexualité ? Les raisons d'un tel choix m'échappaient totalement, d'autant plus de la part de Norbert.

La sonnerie retentit, nous sommant de retourner en cours.

Les jours d'après, la rumeurconcernant Norbert et moi finit par s'étioler d'elle-même,sans que nous ayons besoin de faire quoi que ce fût. Les mauvaises languesétaient passées à autre chose. Je ne recevais plus de lettres non plus. J'en arrivais à me demandersi ma famille ne les interceptait pas pour m'en détourner.

Si Norbert n'était pas l'auteur de ces mots, qui était-ce alors ?

Je pensais ne jamais obtenir de réponse à cette question, jusqu'à ce qu'unenouvelle enveloppe apparût sous ma fenêtre.

Ce jour-là, je me trouvais en compagnie de Mawugno. Nous discutions lorsque, soudain,je remarquai qu'un papier avait été posé sur le rebord de la fenêtre. Je me levai etm'en saisis.

— Encore une.

Mawugno semblait tout aussi surprise !Je lui remis immédiatement la fleur et me jetai sans tarder sur lalettre

*Ma chère Pélagie,*

*Est-ce le fruit du hasard ou plutôt notre destinée ? Je ne saurais le dire vraiment. Ce que je peux t'avouer, en revanche, c'est de quelle façon mon cœur s'emballe à chaque fois que je me cache pour te voir passer, la manière dont mes mains se mettent à trembler à l'énonciation de ton nom. À chaque fois, ma respiration se coupe.*

*Mon regard se perd dans le tien, me foudroyant sur place sans que je puisse rien faire, rien dire, seulement être victime de la flèche de Cupidon. Il ne fait nul doute pour moi que tu es celle que Dieu a mise sur ma route, pour moi.*

*Je me surprends à rêver de ces moments partagés, àrêver deces quelques instantsmagiques qui font que le temps suspend son vol, que plus rien ne compte en dehors de toi. J'aimerais tellement ouvrir pour toi le champ des possibles, te prendre par la main pour te conduire vers des mondes*

*inconnus que nous découvrirons ensemble en cheminant côte à côte.*

*Il me semble difficile désormais de pouvoir avancer sans toi, sans ton ravissant sourire qui vient illuminer mes jours de grisaille. À la suite de ton silence après ma précédente lettre, j'ai compris que tu ne voulais plus de moi, mais mon cœur, lui, demeurera à jamais lié au tien.*

*Tu me connais et tu sais à quel point il m'est difficile d'exprimer par les mots ce que je ressens pour toi. Tu sais combien je brûle d'amour pour toi. Malgré ton silence, j'espère tout de même avoir touché ton cœur. C'est donc le cœur lourd que je vais respecter ton choix et sortir de ton existence.*


Lorsque je tendis le mot à mon amie, je l'avais lu et relu sans parvenir à y voir plus clair. L'origine de ces enveloppes restait un mystère.

Qui pouvait bien m'écrire ces mots d'amour depuis le début, puisque ce n'était pas Norbert ?

Une fois que Mawugno eut fini la lecture, elle me posa une question à laquelle je ne m'étais pas attendue.

— Qu'as-tu fait de sa dernière lettre ?

Je restai intriguée par sa demande.

De tout ce qu'elle avait lu, était-ce donc la seule chose qui attirait son attention ?Ne comprenait-elle donc pas que l'auteur de ces courriers voulait partir et que son identité ne me serait jamais révélée ?

# 14

*Une semaine s'est écoulée depuis la dernière fois. Il devient de plus en plus difficile de cacher ma grossesse à Magnim. Dans un excès de bonne humeur, je n'ai pas hésité à dire à Gustave qu'un petit être prenait vie en moi. La nouvelle ne l'a pas réjoui comme j'aurais pu l'espérer. J'ai trouvé la réaction plutôt étrange étant donné que je m'attendais à ce qu'il sautât au plafond.Perdue dans l'incompréhension, je l'ai interrogé.*

*« Je ne peux pas avoir d'enfant, m'a-t-il répondu,j'ai subi une opération pour empêcher messpermatozoïdes de faire leur travail. J'aurais bien aimé que cet enfant que tu portes en ton ventre soit le nôtre, mais ce n'est pas le cas. Toutefois, je me réjouis pour toi. Tu vas devenir mère et ton mari va, lui aussi, connaître les joies de la paternité. »*

*Je me suis demandé comment pareille chose pouvait être possible.*

Je fus interrompue dans ma lecture par une voix familière. Je relevai la tête et visle visage d'Anaïs se dessiner sous mes yeux. Je ne l'avais pas entendue arriver et voilà qu'elle se tenait devant moi, blême, la bouche entrouverte, incapable de parler. Je me décomposai.

— Où as-tu trouvé ce cahier ?Rends-le-moi immédiate-ment, ajouta-t-elle sans me laisser le temps de répondre.

— Certainement pas.

— T'as plutôt intérêt, sinon…

— Sinon quoi ? Tu le diras à papa ? pouffai-je,si tu me frappes, je lui dis que tu le trompes avec monsieur Kalgora. Est-il au courant de la manière dont tu l'as trahi ?Est-ce que mon père est au courant de ce que tu fabriques ? Sait-il que la femme avec qui il partage son lit tous les soirs le trompe avec le voisin ? Je ne suis pas certaine qu'il serait ravi de l'apprendre.

J'étais allée un peu trop loin dans mes propos,je m'en rendais compte, mais faire ainsi irruption dans ma chambre en exigeant cecahier sans une explication, m'avait particu-lièrement mise de mauvaise humeur.

Pendant une minute, je crus qu'elle était à deux doigts de me rouer de coups, cependant il n'en fut rien. Elle referma la porte et quitta la pièce. Puis, la seconde d'après, on frappa à la porte. Je ne répondis pas, pensant que ma belle-mère était toujours là.

— C'est moi, Ornélia !

Comme elle tombait à pic !

— Entre,je suis là.

— Bonsoir, Pélagie.

— Bonsoir, Ornélia. Quel bon vent t'amène ?

— Je passais dans le coin et je me suis arrêtée chez toi pour savoir si tu accepterais de venir avec moi prendre une glace.

— C'est gentil, mais non merci.

J'étais encore contrariée.

— Je t'en prie. Fais-le pour moi, m'implora-t-elle.

Elle avait la mine soucieuse. Cela ne ressemblait pas à mon amie Ornélia, d'ordinaire si radieuse lorsque nous passions du bon temps ensemble. Son sourire s'était envolé.Elle était manifestement déprimée et avait besoin de soutien. Quelque chose semblait la préoccuper au plus haut point. Elle était si triste qu'on eût dit qu'elle venait de découvrir un cadavre.

— Si tu es là pour lejournal de ma marâtre… devinai-je.

—Anaïs m'a expliqué que tu le lui avais volé… Je n'ai pas trop envie de me retrouver dans vos histoires. Ce n'est pas pour cette raison que j'ai quitté la maison, mais si tu n'as pas du temps pour moi, tant pis…

À sa voix, je compris qu'il devait se passer quelque chose de grave. Même si Anaïs avait téléphoné à Ornélia pour lui parler du journal, mon amie n'aurait pas pu arriver aussi vite, vu la distance qui sépare nos maisons. Après avoir dissimulé ce dernier dans mon sac à dos, nous sortîmes ensemble dans la rue.

— Alors, dis-moi ce qui ne va pas.

— C'est Léonce. Il m'a abandonnée sans aucune explication. Il a cessé de répondre au téléphone et, lorsque je suis allée chez lui, j'ai appris qu'il avait déménagé comme ça, d'un coup, sans me prévenir. Il m'a laissé tomber, Pélagie. Tu comprends ça ?

À ces mots, je fus pétrifiée.

Léonce parti ? Où ? Pourquoi ?Était-ce à cause d'une dispute avec elle ?

Il n'était pas concevable de l'interroger sans éveiller son attention. Dans ma tête, les choses se mirent à tourner bien plus vite qu'en temps normal. Léonce ne pouvait pasavoir disparu du jour au lendemain, c'était impossible. Je le connaissais depuis plusieurs années et, jamais, je ne l'avais vu abandonner quoi que ce fût malgré les difficultés.Ornélia devait sans doute connaître la raison de ce départ précipité.

— Il m'avait vraiment l'air d'un type génial, dis-je, faute de mieux.

— Et dire qu'il fut un temps où je pensais qu'il sortait avec toi. On s'était même disputésà cause de ça et il m'avait juré qu'il n'y avait rien entre vous.Je ne l'avais pas cru, enfin ça, c'était avant l'incident de la plage…Et voilàqu'aujourd'hui c'est vers toi que je me tourne pour trouver du réconfort. Tu vois un peu l'ironie de la situation ?

— Cesse de pleurer. Tu es beaucoup plus forte que ça. Tu ne vas pas t'effondrer parce qu'un imbécile ne veut plus de toi.

— Je sais. Mais, c'était mon idiot, à moi. Je n'arrive pas à comprendre qu'il se soit envolé,sans mefournir d'explication. Il ne m'a même pas écrit une lettre d'adieu. Sa famille

ignore où il a pu aller ou peut-être qu'ils le savent, mais pré-
fèrent ne rien me dire.

Le comportement de Léonce me paraissait étrange. Prendre la fuite, ça ne lui ressemblait pas.C'était un battant.

Une fois que j'eus raccompagné mon amie chez elle, je
meretrouvai à faire le chemin en sens inverse pour rentrer à
la maison. Je marchais en repensant au malheur de ma meilleure amie lorsque je vis Norbert et un autre garçon sortir
d'une boutique de l'autre côté de la rue.

— Norbert ! m'écriai-je.

Il se retourna en m'entendant etm'aperçut.Il semblait gêné de me croiser ici.

— Bonsoir.

— Pélagie, bonsoir. Que fais-tu là ?

Après unehésitation, il m'avoua être passé par là pour se
payer quelques confiseries.

— Je te présente mon copain Patrick. Patrick, ma voisine
Pélagie.

D'un teint métissé, son copain avait, lui aussi, un physique agréable qui plairait aux filles, à coup sûr. Élancé, le
dénommé Patrick était bien bâti.Je ne mis pas longtemps à
identifier l'assistant du professeur d'éducation physique et
sportive. Et ça, c'était vraiment une surprise !Jamais je
n'aurais imaginé qu'il était homosexuel. Il faut croire que les
plus beaux garçons de l'établissement ne voulaient pas de
nous, les filles.

— Ravi de te rencontrer,chère voisine.

— Bonsoir, monsieur.

Je souris un peu bêtement et préférai écourter ce moment. J'étais un peu mal à l'aise. Aussi, les laissai-jeentre eux et m'éclipsai-je rapidement.

Norbert m'avait certes avoué son homosexualité, toutefois je ne pensais que son compagnon était un de nos éducateurs.C'était vraiment étrange !

## 15

« L'amour d'un homme n'occupe qu'une partie de sa vie d'homme, l'amour d'une femme occupe toute son existence »,George Gordon Byron.

En rentrant des cours, je passai devant une boutique et découvris ces motsmagiques. On était au mois de décembre et, partout sur les vitrines, les vendeurs faisaient preuve d'imagination. Qu'il s'agît de citations ou de bons de réduction, chacun avait sa manière d'attirer le regard. Partout dans les rues, les couples s'affichaient. C'était le moment des fêtes et pour les amoureuxl'occasion de montrer leur amour en public. De plus,l'amour n'ayant pas d'âge, on pouvait apercevoir des jeunes ou des adultes se tenant par la main,riant, discutant et s'offrant des présents. Autre temps, autresmœurs. L'amour avait conquis le cœur de tous les Loméens et personne ne pouvait se libérer de son empire.De toute façon, il ne faisait jamais bon d'être seul en ce mois d'hiver où chacun trouvait le bonheur dans les bras de l'autre.

Arrêtée devantla vitrine d'un magasin, je regardais tous ces magnifiques costumes de Noël que je ne pourrais jamais me payer. Soudain,j'eus l'impression d'avoir la berlue.Pendant une demi-seconde, j'aurais juré avoir aperçu

Léonce m'observant de l'autre côté du trottoir. Le temps que je me retourne, bien évidemment, il avait disparu.

Où était-il donc passé ? Était-ce véritablement luiou avais-je halluciné ?

Je traversai la voie en vue de le trouver, mais mes recherches restèrent vaines. Il n'était nulle part. Je pris alors le chemin de la maison en me posant mille et une questions.

Que faisait-il là ? N'avait-il pas quitté les lieux sans rien dire à sa copine ?

Il ne pouvait raisonnablementpas s'agir de mon ancien copain. J'avais dû le confondre avec quelqu'un d'autre.

Et puis, pourquoi pensais-je toujoursà lui ?

Mes sentiments revenaient avec force. Dans le fond, je savais bien que je n'avais jamais cessé de l'aimer. Léonce était parti avec la clé de mon cœur et, depuis, personne n'avait pu y pénétrer. C'était vraiment difficile à admettre, mais j'étais toujours amoureuse de lui et totalement jalouse de ma meilleure amie. Pour être honnête, j'étais contente que ça n'eût pas marché entre eux, mais il n'était pas revenu vers moi…Pourtant, je le méritais, moi.

Ne l'avait-il donc pas remarqué ?

Nous avions été si heureux jadis.Comme prince et princesse, aussi inséparables que la tortue l'est de sa carapace.

En rentrant à la maison, je pris la ferme résolution d'avouer à mon amie ce que je ressentais pour Léonce. Ornélia aurait sûrement du mal à encaisser cette révélation et il nefaisait aucun doute que cela créerait des tensions entre nous, cependant il fallait qu'elle sût la vérité.

Une fois arrivée dans ma chambre, j'eus l'agréable surprise de découvrir une nouvelle enveloppe ainsi qu'une rose. Je n'eus néanmoins pas le temps de l'ouvrirqu'Anaïs m'annonçait l'arrivée d'Ornélia justement. J'allai à sa rencontre.Je compris, à ses lèvres tremblantes lorsqu'elle tenta de parler, qu'elle avait versé des larmes avant de venir ici.

— Je te prenais pour ma meilleure amie, commença-t-elle,je ne me serais jamais attendue à une telle trahison de ta part. Tu n'as pas honte de toi ? Je t'ai présenté à mes amies, à mon copain et, toi, tu te permets de me le voler ?

— Ornélia, je ne comprends pas…

En effet, je ne voyais pas ce qu'elle voulait dire par là.

— Tais-toi. On t'a vue avec Léonce tout à l'heure. Nierais-tu les faits ? N'étais-tu pas en sa compagnie il ya un instant ?

Avec Léonce ? Cette accusation était grossière et je ne concevais pas qu'elle pût venir d'Ornélia. C'était une fille forte qui réfléchissait avant de parler.Pourtant, elle m'accusaitde m'être affichée aux côtés de Léonce.

Soudain, je me rappelai le visage que j'avais vu dans la rue.

Et si je n'avais pas rêvé ? Et si c'était vraiment Léonce que j'avaisaperçu ? Se pourrait-il que ce fût lui l'auteur de tous ces mots doux depuis le début ?

Après le départ de mon amie, jeretournai à lafenêtre et me saisis de l'enveloppe.Je passai tout de suite à la lettre qui accompagnait la fleur.

*Lorsquesieur George Gordon Byron écrivit :« L'amour d'un homme n'occupe qu'une partie de sa vie d'homme, l'amour d'une femme occupe toute son existence », il ne me connaissait pas. Cela fait des années que tu t'es garée sur mon cœur et, depuis, je n'ai pas réussi à t'y déloger.Je t'ai aimée depuis le tout premier jour. Mon amour a été tout de suite si fort que ma tête ne pouvait que suivre la décision de mon cœur.*

*Je me rappelle encore cette nuit où nous sommes allés suivre l'office religieux pour la veillée du Nouvel An. Tu étais si resplendissante dans ta robe toute blanche. Tes yeux brillaient de mille feux et les seules étoiles de cette nuit-là se trouvaient dans tes paupières. Belle comme une princesse de conte de fées, tu avais fait de moi un prince. À tes côtés, plus rien d'autre ne comptait. J'ai vécu les meilleurs moments de ma vie auprès de toi.*

*Jamais je n'ai été aussi triste que lorsque nous avons rompu. Ce jour-là, ma vie s'est écroulée comme un château de cartes sans que je puisse rien y changer. J'ai essayé en vain de te faire comprendre que c'était un piège. Je n'ai jamais eule moindre sentiment pour cette fille, mais tu ne m'as pas cru. Seul ton amour me suffisait et je n'avais besoin de rien d'autre.Mais, tut'en es allée et, moi, je ne pensais pas faire un jour de nouveau irruption dans ta vie. Mais, lorsque je t'ai vue à cette fête d'anniversaire, tout ce que je ressentais pour toiest remonté à la surface. Il n'était pas facile de t'oublier.Et puis, je t'ai déposé la première rose. Je ne savais pas comment tu réagirais en me voyant réapparaître ainsi dans ta vie.Je t'ai envoyé fleur sur fleur et poème sur poème pour te reconquérir.J'ai longtemps attendu un retour de ta part. Même après que tu as refusé de venir à mon rendez-vous, je n'arrivais pas à me résoudre à t'oublier.*

*Depuis que tu es entrée dans moncœur, aucune autrefille n'a pu y trouver sa place. J'ai pensé que commencer une relation avec Ornélia me permettrait de tourner la page, mais ça n'a pas été le cas. Tu es celle que j'ai toujours aimée et que je ne cesserai jamais d'aimer.*

*Je serai devant la cathédrale à 18 heures. Si je ne t'y vois, je comprendrai que tu ne veux plus de moi et je sortirai de ta vie, bien malgré moi.*

Je n'allai pas au bout de ma lecture.

Léonce ! Oh, mon amour !

Il m'avait donné un rendez-vous auquel je n'avais pas répondu ?

Il devait sûrement s'agirde cette lettre que j'avais égarée. Jamais aucun garçon n'avait été si tendre avec moi.

Où était-il à présent ?

J'allais sortir lorsque, soudain, j'entendis frapper à la porte. Il était 17 h 40.

— Papa ?

Il venait de faire irruption dans ma chambre, accompagné de mamarâtre. Les yeux rouges, on devinait qu'Anaïsvenait de pleurer.

— Nous devons discuter. Assieds-toi, maintenant.

— Ça ne peut pas attendre, papa ? Je dois y aller.

— Tu n'iras nulle part tant que nous n'aurons pas eu cette discussion.

Il avait l'air déterminé.Rien n'aurait pu le faire changer d'avis. Quant à ma belle-mère, elle gardait la tête baissée et semblait vouloir fuir mon regard. Jen'avais aucune idée de ce dont ils voulaient parler mais, visiblement, ça n'était pas un sujet des plus joyeux. Je dus alors bien malgré moi me rasseoir.

— Anaïs m'a dit que tu lui avais pris un cahier.

— Je ne lui ai rien pris du tout. Je l'ai trouvé dans cette pièce.

— Ce cahier lui appartient. Donne-le-lui immédiatement.

Le temps jouait contre moi. Ainsi, elle avait finalement décidé de le rapporter à mon père.

Mais, était-il au courant de la relation extraconjugale de sa femme ?

Je brûlais d'envie de mettre le sujet sur le tapis, mais je n'en avais pas le temps. J'étais pressée de me rendre au point de rencontre de Léonce. Il fallait vite en finir avec eux.J'allai chercher le fichu journal et le plaçaisous leurs yeux.

— Très bien. Maintenant,on doit discuter de quelque chose de très important, rien quetoi et moi.

— Papa, ça ne pourrait pas attendre ? Je dois vraiment y aller.

Il ne me réponditpas verbalement, mais le regard qu'il me lança était lourd de sens.

Le temps filait et mes chances de revoir Léonce, avec.

<h1 style="text-align:center">16</h1>

Je courus comme une folle sans m'arrêter. Les gens me lancèrent des insultes sur le chemin, mais je m'en fichais. Les superstitions avaientpris le dessus sur la réalité.Beaucoup considéraient qu'en courant ainsi dans la nuit profonde, j'attirerais le malheur. Je n'accordai aucune importance à leurs voix qui s'élevaient dans l'obscurité.

Le discours moralisateur de mon père s'était avéré interminable. Quand il s'était arrêté,il était presque 18 h 30. Jeme demandais si, à force de m'attendre, Léonce n'avait pas fini par quitter la région pour de bon.

Seulementtroiscents mètres me séparaient du lieu de rendez-vous. Lorsque j'entendis la cloche de la cathédrale sonner 18 h 30, je perdis tout espoir.

Qui resterait à patienter si longtemps ?

Dans mon cœur, je l'imaginaispatienter pour me revoir mais, dans ma tête, je demeurais convaincue qu'il s'en était allé au bout d'un quart d'heure.

Oh, Seigneur !

J'espérais sincèrement qu'il serait là. Si Léonce m'aimait autant que je l'aimais, il ne pouvait pas partir sans m'avoir vue, sans avoir écouté ce que j'avais à lui dire après avoir lusa lettre.

Après avoir traversé rues et ruelles, je meretrouvai, tout essoufflée, devant la bâtisse. L'église était l'un des plus vieux monuments historiques de la ville. Vestige de l'époque coloniale, il s'en dégageait une aura unique. La cathédrale n'avait rien de commun avec les autres paroisses bâties plus tard. Elle était majestueuse, imposante.C'était un lieu où chacun se sentait en sécurité. Lorsque l'on s'asseyait devant Dieu, on arrêtait de se juger les uns les autres. C'était seulement là que l'on pouvait voir le plus nanti de la capitale serrer la main du plus pauvre qui fût. Ici, chacun reconnaissait l'égalité entre tous les hommes, sans prêter attention aux biens de chacun.C'était un endroit de paix, d'amour, mais aussi de partage.

Lorsque j'arrivai sur le parvis, je cherchai Léonce du regard, en vain. Il n'était nulle part. Je fis le tour du bâtiment sans davantage de succès. À l'intérieur de la chapelle, on pouvait voir quelques femmes venues pour la prière, mais aucune trace de Léonce. Je me retrouvai à prier intérieurement dans l'espoir que Dieu le fît surgir devant moi sans vraiment savoir si leTrès-Haut m'écouterait.

Il était bientôt 18 h 45. Il fallait se rendre à l'évidence, Léonce était parti. Alors que la réalité s'imposait à moi, la tristesse me saisit le cœur. Je n'arrivais plus à retenir meslarmes. Elles devaient couler. Prenant place sur un banc, je laissai mon désarroi se répandre le long de mes joues. Si je n'avais pas eu cette stupide conversation avec mon père, je serais sans doute arrivée à temps. Voilà, à présent, il était parti, convaincu que je ne l'aimais pas, et que je ne lui donnerais jamais plus de nouvelle chancepour que nous soyons ensemble.

Oh mon Dieu ! Quelle image se faisait-il ainsi de moi ?

Mes sanglots redoublèrent. J'étais abattue.

— Excusez-moi, mademoiselle, je peux voir vos papiers ?Je vous arrête pour excès de beauté dans un endroit public.

Je levai la tête et, là, j'eus grand-peine à contenir ma joie.

— Léonce ! m'exclamai-je, je te croyais parti.

— Je n'arrivais pas à m'y résoudre. Je suis follement amoureux de toi, Pélagie.

Je lui sautai au cou et,l'espace d'un instant, nous n'échangeâmes aucunmot.Après le temps des câlins et des larmes, nous retrouvâmes de nouveau la parole.

— Il faut que tu saches que je ne t'ai jamais trompée. J'ai été piégé.

— Oublions le passé et concentrons-nous sur l'avenir. Il n'y a que le futur qui compte. Tu ne sais pas à quel point j'étais jalouse de te savoir avec Ornélia.

— Je t'assure que, depuis le jour où je t'ai revue à la fête, je n'ai plus absolument plus rien ressenti pour elle. C'est toi, et toi seule, que j'aime. Toutes les nuits, mes pensées s'envolent vers toi. Je ne rêve que de toi. Tu es ma princesse, mon soleil de minuit. Tu es ma seule raison de vivre.

— Oh, Léonce, c'est tellement gentil ! Mais, dis-moi que tu ne t'en n'iras plus. Dis-moi que tu seras à jamais avec moi. Dis-moi…

Il posa un doigt sur ma bouche.

— Chut…Je te promets absolument tout ce que tu veux. Tiens, j'ai un cadeau pour toi d'ailleurs.

Il m'entraîna quelques mètres plus loin et me montra un petit sac sur un banc.

— Qu'est-ce que c'est ?

— Une surprise.Vas-y, ouvre-le.

Cette nuit était la plus magique de toute ma vie. En quittant l'église, nous rejoignîmes un restaurant pour dîner en amoureux. Léonce n'avait rien perdu de son attitude de *gentleman* vis-à-vis de moi. Je le trouvais toujours aussi séduisant, charismatique et si adorable.Nous étions de nouveau ensemble, aussi mon bonheur était-ilà son comble. Rien de tout ce qui pouvait arriver nepourrait jamais le gâcher. Notre amour serait dorénavant aussi beau et gracieux que cette nouvelle rose qu'il venait de m'offrir.

Demain, ce seraitNoël.Ce soir, Léonce et moi avions décidé d'aller au cinéma pour regarder *Black Panther*. Ce n'était certainement pas un film de Noël, mais c'était une nouvelle passion en commun que nous venions de nous découvrir. Il me raconta ce qu'avait été sa vie en mon absence, une chimère d'une vie heureuse. Petit à petit, il avait perdu goût à jouer au football et tous les clubs qui avaient fondé leurs espoirsen lui avaient fini par le lâcher. En classe également,ses notes avaient dégringolé. Il avait difficilement terminé l'année, avec tout juste la moyenne.Sesamis lui avaient également tourné le dos et il en avait été de mêmepour les filles.

— Au fond, je me fichais bien d'elles. La seule qui comptait pour moi n'était plus à mes côtés.

Pauvre garçon !

À mon tour, je lui racontai combien j'avais souffert de son absence.

— Pourquoi ne m'as-tu pas simplement présenté des excuses ?Ça nous aurait évité d'en pâtir chacun dans son coin durant tout ce temps.

— Tu as raison. C'est ce que j'aurais dû faire, mais tu dois savoir que je ne suis plus le même. J'ai changé. Aujourd'hui, je suis quelqu'un de meilleur et je te promets que plus rien ne sera comme avant. Ce sera bien mieux.

Et l'avenir me montrerait qu'il avait tenu parole etqu'il était devenu bien plus attentionné. Il n'était plus le Léonce d'autrefois.

Dès le lendemain de notre rencontre, nous passâmes la soirée au bord de la mer. L'océan avait perdu son influence sur moi depuis qu'il était revenu à mes côtés.Ce fut un merveilleux moment. Nous montâmes à cheval, dégustâmes des noix de coco et dévorâmes des chocolatsen cette veille de fête. Il était impossible qu'une fille eût été aussi heureuse que moi en cet instant. Un sourire se dessina sur mon visage.J'étais aux anges. Rien, absolument rien ne pouvait venir gâcher mon bonheur.

Une fois que nous quittâmes la plage, nous prîmes la direction d'un restaurant chic.

— On ne devrait pas rentrer maintenant ?lui demandai-je, où me conduis-tuà présent ?

— J'ai une dernière chose à te montrer. En fait, j'aimerais te présenter à mon oncle. Depuis que je lui parle de toi, il souhaite faire ta connaissance.

L'oncle de Léonce ? J'avais l'impression de rêver. N'était-ce pas un peu tôt pour ce genre de présentation ? J'étais gênée.

— Léonce ! Si tu m'avais prévenue, j'aurais pu porter quelque chose de plus décent. Je ne pense pas qu'il saura m'apprécier dans cette tenue.

— Rassure-toi. Pas de panique.Il t'apprécie déjà énormément. Ce n'est pas la peine de te changer et, crois-moi, tu es très belle ainsi.

Lorsque nous poussâmes la porte de l'établissement gastronomique, j'eus l'impression d'avoir parcouru dix mille kilomètres, si ce n'est plus. C'était là un tout autre univers. Du sol au plafond, tout était si élégant que je me demandais si on ne s'était pas trompés d'endroit. Les sièges rouges tranchaient avec ladécoration blanche.Les lieux étaient saisissants de beauté. Nous fûmes immédiatement accueillis par un employé qui nous traita en grands seigneurs.

— Dites à mon oncle que je suis là.

— Bien, monsieur. Prenez place, je vous prie.

À peine assis, on nous servit deux cocktails. À cette heure, le restaurant était rempli de gensbien éduqués. Tous avaient passé un costume et commandaient des plats raffinés qui n'avaient rien à voir avec ce que jeprenais tous les jours à la maison.

Je ne remarquai pas son oncle avant qu'il n'atteignît notre table. De taille moyenne, il avait le sourire franc.Derrière son tablier, se tenait un homme qui devait avoir la trentaine et quiavait l'air sympathique.

— Léonce, comment vas-tu aujourd'hui ? Tu n'es pas seul à ce que je vois…

— Tonton, bonsoir. Je te présente mon amiePélagie.

— La Pélagie dont tu me parlais tant ? Bonsoir, mademoiselle. J'espère qu'il t'a expliqué que tu n'as jamais quitté ses pensées. Tu as conquis son cœur. Laisse-moi te dire que, sans toi, il n'était qu'un légume.

J'étais assez mal à l'aise d'avoir ce genre de conversation, avec un adulte qui plus est, que je venais à peine de rencontrer. Léonce semblait également gêné. Je pouvais le lire sur son visage. Nous étions sur le point denous en aller, mais l'oncle insista pour qu'on le restâtet profitât de la saveur de ses mets. Nous acceptâmes finalement de partir avec deux chawarmas. Nous le remerciâmes chaleureusement etquittâmes le restaurant.

Une fois dehors, nous nous retrouvâmes à nouveau dans la foule. Nous nous arrêtâmes à peine quelques mètres plus loin pour laisser passer les voitures,puis nous nous mîmes à discuter.

— Accepterais-tu de passer la journée à mes côtés demain ? J'aimerais vraiment passer cette fête avec toi.

— Si seulement je savais où tu habitais…

— Tu as raison. Il est temps que je corrige cette erreur. Ça tombe bien puisque je vis à quelques rues d'ici.

En ce 24 décembre,les rues étaient particulièrement encombrées, cependantcinq minutes de marche avaient été amplement suffisantes pour arriver chez lui. Sa nouvelle adresse se situait dans un des quartiers les plus chics de la capitale. Léonce avait le don de savoir choisir les bons quartiers. Nous nous arrêtâmes devant une modeste demeure dont il poussala porte.Nous nous retrouvâmes dans une cour bien plus petite que celle de sa précédente adresse. Il n'y avait que deux portes, dont celle de Léonce.C'était un petit havre de paix dans lequel on avait plaisir à venir se reposer après une journée épuisante. Il n'y avait pas foule de locataires dans la petite résidence.Aussi, la tranquillité était-elle assurée.

— J'ai préféré m'éloigner de la vie festive et de toutessesconséquences. Je passe incognito ici. Je suis seul ici. Mon second passe ses journées au marché. Personne ne vient jamais me dérangeret aucun de mes amis ne connaît cette adresse.

Ainsi, j'étais la première personne qu'il avait conduiteen ces lieux. Cela signifiait vraiment beaucoup à mes yeux.

Y avait-il plus belle preuve d'amour ?

La clé dans la serrure, il déverrouilla la porte.Nous allions entrer dans son petit chez-lui lorsque, soudain, le portail s'ouvrit avec fracas derrière nous.

Qui pouvait l'avoir fait claquer avec tant de fureur ?

Nous nous retournâmes en même temps et aperçûmes une fillequi venait de franchir le portail.

Ornélia.


FIN

<u>Remerciements</u>

À tous ceux qui, de près ou de loin, m'ont aidé d'une manière ou d'une autre dans la finition de ce livre.

Je tiens surtout à remercier ma famille pour avoir été un grand soutien pour moi tout au long de cette aventure, ainsi que la communauté des auteurs francophones de Washington DC et en particulier Jennifer Fulton, à la fois pierre fondatrice du groupe et grande dame dont les conseils m'ont été précieux.

Enfin, le dernier et non des moindres, à ma correctrice. Mes remerciements vont droit à Virginie d'Orthoplus à la fois pour ses conseils, son professionnalisme et aussi pour sa quête de la perfection dans tout son travail.

www.ingramcontent.com/pod-product-compliance
Lightning Source LLC
Chambersburg PA
CBHW040829010826
48978CB00012BB/678